D1666916

Hohenheim

Curt Goetz

Das Haus in Montevideo
oder
Traugotts Versuchung

Eine Komödie im alten Stil
über Moral, Versuchung
und Belohnung der Tugend
in vier Akten

frei nach der »Toten Tante«

Hohenheim Verlag
Stuttgart · Leipzig

© 2007 Hohenheim Verlag GmbH, Stuttgart/Leipzig
Alle Rechte vorbehalten
Satz: Satz & mehr, Besigheim
Druck und Bindung: Henkel GmbH, Stuttgart
Printed in Germany
ISBN 978-3-89850-158-3

Für Ilonka und Dorian

*Professor
Dr. Traugott Hermann
Nägler*

Marianne, seine Frau

Deren Kinder:

Atlanta (16 Jahre alt) *Fasold (10 Jahre alt)*
Parsifal (15 Jahre alt) *Oktavia (9 Jahre alt)*
Wotan (14 Jahre alt) *Nona (8 Jahre alt)*
Fricka (13 Jahre alt) *Decimus (7 Jahre alt)*
Freya (12 Jahre alt) *Lohengrin (5 Jahre alt)*
Fafner (11 Jahre alt) *Ultima (3 Jahre alt)*

WEITERE
PERSONEN
Pastor Riesling
Martha, eine Magd
Herbert Kraft, Ingenieur
Der Herr Bürgermeister
Ricardo Cortez, Anwalt
Briefträger

Im Hause
in Montevideo:
Madame de la Rocco
Belinda
Carmencita
Raquel
Dolores

Der erste und vierte Akt spielen im Heim des Professors in einer kleinen Stadt Deutschlands, der zweite und dritte im Haus in Montevideo.

ERSTER AKT

Wir befinden uns am häuslichen Herd Professor Dr. Traugott Hermann Näglers, Lehrer für Germanistik und tote Sprachen am Stadtgymnasium eines beschaulichen Städtchens im schönen deutschen Vaterlande.

Es ist das mit Schmetterlingssammlungen und Landkarten verzierte Wohn- und Eßzimmer der kleinen Familie, in dem jetzt Atlanta die letzte Hand an das Decken einer Mittagstafel für fünfzehn Personen legt. Sie trällert dabei die Arie: »Mein Herr Marquis …« aus der Fledermaus, die aus dem Grammophon ertönt, fröhlich mit, unbekümmert um den strengen Blick von »Papi«, der aus dem Porträt an der Mittelwand ihre zierliche Lustigkeit nicht ohne Besorgnis verfolgt.

Sie trägt, wie die ganze Familie, rötlichblondes Haar und Augengläser, die ihren Reizen nicht den geringsten Abbruch tun. Mit ihren Geschwistern teilt sie jenes reizende Verhältnis zu »Papi«, ihn nicht ernst zu nehmen, wenn er ihnen nicht gerade die Hintern versohlt. Er ist – jetzt, da er noch nicht hier ist, können wir es sagen – trotz seiner Schrullen ein gut zu leidender Kerl, der nur durch besondere Umstände und durch Sorge um seine Lieben in eine Versuchung geführt wird, in der wir den geneigten Zuschauer, der über ihn lacht, auch nicht sehen möchten, respektive sehen möchten. Der Darsteller hüte sich also, ihn als Karikatur zu spielen, wie er es in »Tote Tante« gemacht hat. Er überlasse alle Übertreibungen dem Autor, auf den er sich in dieser Beziehung verlassen kann, und spiele ihn als geplagten Zeitgenossen, der dem Zuschauer neben den Lachtränen auch ein verzeihendes Mitleid abnötigt. Wenn der Panzer der Moralität von ihm abfällt, muß »ein Mensch in seinen Nöten« übrigbleiben.

Zurück zu Atlanta, die trällernd den Tisch deckt! Sie muß beim Um-den-Tisch-Gehen einmal über Decimus steigen, der am Boden sitzt und einen Aeroplan zusammensetzt.

Nach wenigen Takten Trällerns kommt Mutter mit einem hohen Stoß von Tellern herein, die sie auf die Plätze verteilt. Sie ist eine reizende Mutti, und man sieht ihr es nicht an, daß sie es schon mehrmals (zwölfmal) war. Sie ist appetitlich und nett. Trotz ihrer Einfalt hat sie viel Sinn für Humor, was bei einer Ehe mit Traugott von gar nicht zu überschätzender Wichtigkeit ist. Niemand kann sich erinnern, sie jemals unbeschäftigt gesehen zu haben.

MUTTER *die Tür mit dem Ellbogen aufstoßend und mit Tellern auf den Tisch zusegelnd:* Stell das Grammophon ab, Atlanta. Müllers werden sich beschweren.

ATLANTA: Die können froh sein, wenn ihnen Maria Machado etwas vorsingt! *Sie blickt wütend zur Decke und stellt das Grammophon ab.* Ihre Platten sind teurer geworden seit ihrem Tode, weißt du das, Mutti?

MUTTER Das ist doch erklärlich, mein Kind. – Nimm noch eine reine Serviette aus dem Spind.

ATLANTA *zum Spind gehend:* Ich habe so geweint, wie ich das gelesen habe. Sie war meine Lieblingssängerin.

MUTTER: Und daß du die Kartoffeln aufzusetzen vergessen hast, weißt du auch?

ATLANTA *die Serviette in der Hand:* O mein Gott … *Will in die Küche.*

MUTTER: Laß nur, ich habe es für dich getan.

ATLANTA: Du bist eine süße Mutti. Was soll ich mit der Serviette machen.

MUTTER: Breite sie übers Tischtuch vor Papis Platz.

ATLANTA: Ja, Mutti. *Tut es.*

DECIMUS: Er kleckert immer.

MUTTER: Bitte?

DECIMUS: Er kleckert immer.

MUTTER: Wer »Er«? Ist das der Ton, von deinem

Vater zu sprechen? Sag es noch einmal, wie es sich gehört.

DECIMUS: Papi kleckert immer.

MUTTER: So ist's richtig. Das heißt: Papi kleckert nie.

DECIMUS: Papi kleckert nie.

MUTTER: Und nun geh, Atlanta, und sieh noch einmal nach den Kartoffeln. Und merke dir für das nächste Mal: »Der frühe Vogel frißt den Wurm«, wie Papa so treffend sagt.

ATLANTA: Ja, Mutti. *Ab.*

DECIMUS: Mutti?

MUTTER: Ja, mein Kind?

DECIMUS: Was heißt das: »Der frühe Vogel frißt den Wurm?«

MUTTER *immer mit Decken beschäftigt:* Das heißt: Der frühe Vogel frißt den Wurm. Verstehst du?

DECIMUS: Nein.

MUTTER: Schau her, je früher ein Vogel aufsteht, desto mehr Chancen hat er, den Wurm zu fressen.

DECIMUS: Welchen Wurm?

MUTTER: Den Wurm. Damit ihn kein anderer frißt.

DECIMUS: Gibt es denn keine späten Würmer?

MUTTER: Späte Würmer sind faule Würmer!

DECIMUS: Na eben. Faule Würmer müssen doch fetter sein als fleißige Würmer.

MUTTER: Natürlich. Wie? Du machst mich ganz verdreht. Was willst du eigentlich?

DECIMUS: Ich meine, wenn der frühe Vogel nicht so früh aufstehen würde, wäre er besser dran.

MUTTER: Das ist das zweitemal, daß ich dich beim Denken ertappe. – Geh und mach deine Schularbeiten. Ich höre Vati kommen.

DECIMUS: Ja, Mutti. *Ab. Atlanta kommt zurück.*

PROFESSOR *noch hinter der Szene:* Machen Sie sich nichts draus, Herr Pastor! Quamquam súnt sub aquá, sub aquá maledícere témptant! *Mit dem Pastor eintretend:* Treten Sie näher, Herr Pastor! Das Mahl ist bereit! Bescheiden, aber herzlich vergönnt! Ut desínt virés, tamen ést laudánda volúntas! *Er küßt Mutter.*

PASTOR: Guten Tag, meine liebe Frau Professor! Immer fleißig! Immer rührig!

PROFESSOR: Und drinnen waltet die züchtige Hausfrau …

PASTOR: Die Mutter der Kinder …!

MUTTER: Das kann man wohl sagen! … Willkommen, Herr Pastor!

PROFESSOR: Wo sind die lieben Kleinen?

MUTTER: Atlanta, geh und rufe sie!

ATLANTA: Ja, Mutti. *Ab, nach einem artigen Knicks vor dem Pastor.*

PROFESSOR *Atlanta zärtlich nachblickend:* Níl infánti mélius décet nísi modéstia!

MUTTER: Nehmen Sie Platz, Herr Pastor!

PASTOR: Soll ich wirklich? Wo Sie doch wahrhaftig schon genug Mäuler zu stopfen haben?

MUTTER *die Suppe austeilend:* Es kommt bei uns auf ein Maul mehr oder weniger nicht an, Herr Pastor!

PASTOR: Oh! *Setzt sich.*

PROFESSOR: Sehr richtig. Und Gastfreundschaft war eine der hervorstechendsten Eigenschaften der alten Germanen. *Setzt sich. Die Serviette in den Kragen steckend und auf die lange Tafel zeigend:* Ist es nicht schön, Herr Pastor, ein Heim zu haben? Ein Heim und eine Verantwortung?? É toi mén tode kálon estín! Wahrlich, das ist schön, Herr Pastor! Eine Verantwortung und Sorgen! Ein Mann soll Sorgen haben! Und ein deutscher Mann besonders! *Nach der Tür sehend:* Da sind die lieben Kleinen!

ATLANTA *kommt, gefolgt von elf Geschwistern. Sie sind ausnahmslos rotblond, mit dicken Brillen und Sommersprossen versehen. Sie geben dem Pastor einzeln die Hand, die Knaben mit einer strammen, lebensgefährlichen Verbeugung, um dann ihre Plätze einzunehmen. Der Pastor sagt »Guten Tag, mein Sohn«, oder »Grüß Gott, mein Kind«, oder »Ei, sieh da«, oder »Nun sieh mal an« und gibt sich jedenfalls Mühe, etwas Abwechslung hinein zu bringen.*

PROFESSOR: Achtung! *Mit Freiübungen beginnend:*

Eins-zwei-eins-zwei! Groß *und klein turnen mit:*
Setzen! *Danach zufrieden im Kreis umherblickend:*
Nun laßt uns sehn, liebe Kinder, was Köstliches
uns die Mutter zum leckeren Mahle bereitet!

PASTOR *den Löffel nehmend:* Mahlzeit!

PROFESSOR *mit Betonung:* Wir pflegen vor Tische
zu beten, Herr Pastor!

PASTOR *den Löffel wieder hinlegend:* Oh!

PROFESSOR: Wer ist dran?

KINDER: Decimus.

PROFESSOR: Decimus!

ULTIMA: Komm, Herr Jesus, sei unser Gast und
segne, was du uns bescheret hast …

PASTOR: Mahlzeit! *Nimmt den Löffel wieder.*

PROFESSOR *mit Betonung:* Amen, Herr Pastor!

ALLE: Amen! *Man beginnt zu essen.*

PASTOR: Ah! Tomatensuppe! Ein köstliches Gericht!

PROFESSOR: Wohl gar köstlich! Tomate! Lycopérsi-
cum esculéntum! Paradies-, Gold- oder Liebesapfel! In Indien, Süd- und Mitteleuropa, auch in
Deutschland sehr beliebt! Den Namen Liebesapfel
verdankt die Frucht dem Glauben, daß sie zärtli-
che Gefühle erwecke! *Parsifal grinst und bekommt a tempo eine geklebt.*

PASTOR: Darf ich bitten, mir einen Teller voll zu re-
servieren!

ATLANTA *aufstehend:* Gern, Herr Pastor!

… 15…

PASTOR: *lachend:* Laß nur, Atlanta! Es war nur ein Scherz! *Atlanta setzt sich.*

PROFESSOR: Ei, sieh da Mutter, unser guter Pastor sitzet da, wo die Spötter sitzen. *Parsifal grinst wieder.* Grinse nicht, Parsifal! Nenne mir die Nebenflüsse des Mississippi!

PARSIVAL *steht auf. Im Baß, Stimmwechsel:* Haben wir noch nicht gehabt! *Setzt sich.*

PROFESSOR: Ei, so nenne mir die des Po! Rechts! Flugs!

PARSIVAL *steht auf* Varáita, Máira, Tanáro, Sénvia, Trébbia, Táro, Párma, Sécchio, Panáro und Réno.

PROFESSOR: Und links! Fricka! Sag schnell!

FRICKA *steht auf:* Dora Ripária, Stúra, Dora Baltéa, Agógna, Ticíno, Adda, Ogli und Míncio. *Setzt sich.*

PROFESSOR: Und da wir gerade dabei sind, schnell ein kleines Exercitium omnium, Freya? Feminina sind ...?

FREYA *steht auf:*

> Feminina sind auf o
> Die Worte auf ein do und go
> Und die abstrácta auf ió;
> Cáro das Fleisch braucht ebenso.
> Doch másculini géneris
> Ist wieder órdo órdinis! *Setzt sich.*

PROFESSOR: Nach den Worten ne und num …? Wotan?

WOTAN *steht auf:*

> Nach den Worten ne und num
> Fällt das Wörtchen ali um.
> *Setzt sich.*

PROFESSOR: Mutter! *singend:* Die französischen Präpositionen …?

MUTTER *steht auf, singend:* Die französischen Präpositionen regieren den Akkusativ! *Setzt sich.*

PROFESSOR: Omnes!

Alle singen sitzend: Die französischen Präpositionen regieren den Akkusativ!

PROFESSOR *triumphierend:* Nun, Herr Pastor!

PASTOR: Bravo!

PROFESSOR *zu Oktavia, die Lohengrin (dieser mit dem Rücken zum Publikum) gegenübersitzt und jetzt den Finger hebt:* Was willst du, Oktavia?

OKTAVIA *deutlich auf Lohengrin zeigend:* Lohengrin popelt!

PROFESSOR: Oktavia! *Er brüllt so furchtbar, daß Ultima vor Schreck der Löffel in die Suppe fällt, die weit umherspritzt. Gleichzeitig bekommt Lohengrin eins von der Mutter auf die Finger. Atlanta verschluckt und verprustet sich, weil sie ein Lachen unterdrücken will; Parsifal klopft ihr auf den Rücken. Er macht das so brüderlich, daß es immer schlimmer wird.*

PROFESSOR *furchtbar:* Ruhe! *Totenstille.* Atlanta!

ATLANTA *steht auf.* Papa?

PROFESSOR: Wieso verschlucktest du dich eben?

ATLANTA *kleinlaut:* Es war mir Suppe in Nase und Augen gekommen.

PROFESSOR: Ei, so sag mir doch, wieso denn kam Suppe in Nase und Augen?

ATLANTA: Ich …

PROFESSOR: Gestehe! Du mußtest lachen!

ATLANTA: Ich gestehe, ich mußte lachen!

PROFESSOR: War das gehörig?

ATLANTA: Es war ungehörig!

PROFESSOR: Und?

ATLANTA: Ich sehe ein, daß ich Strafe verdient habe, und bitte um eine gehörige solche!

PROFESSOR: Hier ist sie: Geh mit den Schuldigen in die Kammer und iß dort weiter!

ATLANTA: Jawohl, Papa!

MUTTER: Und schäme dich!

ATLANTA: Jawohl, Mama!

Oktavia, Decimus und Lohengrin nehmen ihre Teller und gehen. Atlanta stolpert plötzlich. Zu Parsival: Laß das, Affe!

PROFESSOR: Was war das?

ATLANTA: Parsival hat mir ein Bein gestellt, Papa!

PARSIVAL: Gar nicht wahr!

ATLANTA: Wohl wahr! *Ab nach ihren drei Geschwistern.*

PROFESSOR: Parsifal!

PARSIVAL: Papa!

PROFESSOR: Hinaus! *Wie Parsifal den Teller mit nehmen will:* Laß den Teller hier! Du ißt nicht weiter!

PARSIVAL *stellt den Teller wieder etwas unsanft auf den Tisch zurück:* Kann doch die Augen aufmachen, die dumme Gans. *Will gehen.*

PROFESSOR *fürchterlich:* Parsifal!

PARSIVAL: Papa?

PROFESSOR: Hierher! *Parsifal geht wortlos auf ihn zu, Professor klebt ihm eine.*

PARSIVAL: Au!

PROFESSOR: Was sagst du?

PARSIVAL: Danke, Papa!

PROFESSOR: Raus! *Parsifal ab.*

PASTOR *von soviel Erziehung beeindruckt:* Fabelhaft!

PROFESSOR: Wollte Gott, wir hätten seinerzeit eine so starke Hand über uns gefühlt ... *Draußen klatscht es. Man hört Atlanta weinen.* Was war das? *Er will ab.*

LOHENGRIN *in der Tür:* Parsival hat Atlanta eine geschmiert, Papa!

PROFESSOR: Sollst du petzen? *Er kriegt ebenfalls eine. Professor stürmt hinaus, Lohengrin flieht heulend zur Mutter.*

MUTTER: Nun fängst du auch an. Du willst doch

immer der Gescheiteste sein! *Zu den Kindern, die zur Tür drängen:* Was wollt ihr denn?

KINDER: Zugucken!

MUTTER: Das könnte euch passen! Parsifal! Atlanta! *Beide kommen beim Umräumen zu helfen.* Kommt alle her und helft mir mit den Tischen. Ihr eßt im Spielzimmer weiter. Ihr könnt euch ja nicht benehmen, wenn ein Gast da ist! Martha! Martha! *Zur eintretenden Martha:* Komm, Martha, hilf schnell mit. Die Kinder essen im Spielzimmer weiter, und für uns servierst du hier.

Die Kinder haben die Tafel auseinandergenommen. Sie bestand aus drei Tischen. Einer derselben wird abgetragen, der zweite in den Hintergrund geschoben und der mittlere bleibt stehen. Während Parsifal und Atlanta sich mächtig streiten, passiert es ihnen, daß sie, ohne hinzusehen, dem Pastor den Tisch unter der Nase wegziehen. Der Pastor greift in Eile nach seinem Suppenteller und ißt weiter. Nehmt eure Teller mit, Kinder! Und gebt acht auf mein Tischtuch! Hört nun auf zu streiten, ihr zwei Großen! Martha, du paßt auf, daß die Kleinen auch etwas zu essen bekommen! So! Entschuldigen Sie, Herr Pastor! *Sie nimmt ihm den noch halb vollen Teller aus der Hand und gießt den Suppenrest in die Terrine zurück.*

MARTHA *hat fest mitgeholfen. Unter den einen Arm*

hat sie schließlich die Suppenterrine geklemmt, unter den anderen Ultima, mit dem Popochen nach vorn.

MUTTER *nimmt dem Pastor den Löffel aus der Hand.* Martha! Die Teller! *Sie stellt ihr einen Stoß Teller auf Ultimas Hinterteil, während Martha die Küchentür mit dem Fuß aufstößt und abgeht.*

MUTTER: Entschuldigen Sie nur, Herr Pastor! *Sie zieht ihm den Tisch, an dem der arme Pastor endlich Halt fand, unterm Arm weg, um ihn ganz in die Mitte zu rücken.* Entschuldigen Sie vielmals, Herr Pastor. Das ist nun mal nicht anders mit den vielen Kindern!

PASTOR: Aber bitte! Sie Ärmste wissen abends auch, was Sie getan haben. Das Kommandieren und Aufpassen den ganzen Tag!

MUTTER: Das will ich meinen! Das Anziehen, Ausziehen, Waschen, Plätten, Flicken, Stopfen! Wieviel Füße zwölf Kinder haben, das können auch Sie nicht ausrechnen! Und wieviel Fragen sie im Laufe eines Tages stellen! Und der Mann ist auch da und will bedient sein! *Sie hat im Hintergrund ein Tischtuch gefaltet und fegt nun im Raum umher, um Stühle und Hocker auf ihre Plätze zu bringen und sich nunmehr dem Pastor gegenüberzusetzen.* Nein wirklich, Herr Pastor, wenn man nicht ab und zu mal ins Wochenbett käme, hätte man gar keine Erholung!

PROFESSOR *kommt mit dem Rohrstock in der Hand*

zurück: So. Das wird er sich ad nótam nehmen. Der Lümmel! Kommt in die Flegeljahre! Nicht mal bedanken wollte er sich für die Züchtigung!

MUTTER *entsetzt:* Nicht bedanken?

PROFESSOR: Beruhige dich! Er hat sich bedankt!

PASTOR: Na also!

PROFESSOR *schlägt mit dem Stock krachend auf den Tisch:* Wollte Gott, wir hätten seinerzeit eine so starke Hand über uns gefühlt – nie wäre das Unglück geschehen! *Setzt sich.*

MUTTER: Sprich nicht davon, Hermann!

PASTOR: Spielen Sie auf Ihre Schwester an, Herr Professor?

PROFESSOR: Auf meine unglückselige Schwester! Jawohl! *Da Martha eintritt:* Pst! *Martha bringt unter allgemeinem Schweigen Schinken und Spinat, setzt es hin und geht wieder.* Auf meine unglückselige Schwester! Jawohl!

PASTOR: Sind Sie überzeugt, Herr Professor, daß Ihr Fräulein Schwester »unglückselig« ist?

PROFESSOR: Ich hoffe es wenigstens, Herr Pastor! Ich hoffe es!

MUTTER: Wollen Sie sagen, daß es kein Unglück ist, aus der Familie gestoßen zu werden, in fremden Landen leben zu müssen ...

PROFESSOR: ... heimatlos ...

PASTOR: Ja, das mußte sie allerdings!

PROFESSOR: Allerdings!

PASTOR: Wenn ich nicht irre, insonderheit auf Ihr Betreiben, Herr Professor?

PROFESSOR: Auf mein Betreiben! Insonderheit! »Ärgert dich aber dein Auge, so reiße es aus und wirf es von dir! Es ist besser, daß eines deiner Glieder verderbe, als daß der ganze Leib zur Hölle fahre!« Oder so ähnlich!

PASTOR: Genau so.

PROFESSOR: Genau so! Na also! Sollte sie auch meinen Herd verseuchen?

PASTOR: Verseuchen?

PROFESSOR: Verseuchen! – Schluß!

MUTTER: Schluß!

PASTOR: Wir sind allzumal Sünder! Der kleine Fehltritt!

PROFESSOR: Kleine Fehltritt? Was würden Sie als einen größeren Fehltritt bezeichnen, Herr Pastor? Zwillinge?

PASTOR: Sie war doch erst siebzehn Jahre!

PROFESSOR: Ja eben! Viel früher hätte sie ja wohl nicht anfangen können! *Mutter fällt das Besteck auf den Teller.* Ich bitte Sie ernstlich, Herr Pastor, nicht mehr von dieser Unglückseligen zu sprechen!

PASTOR: Deswegen bin ich aber hier.

PROFESSOR: Wegen …

PASTOR: Ja.

PROFESSOR: Sie haben Nachricht von ihr?

PASTOR: Allerdings!

PROFESSOR: So, so! – Was will sie? – Ein Anliegen, wie? Geld, was? – Oder gar in den Schoß der Familie zurückkehren?! – Niemals, Herr Pastor, niemals, sage ich! Nunquam! *Erregt aufspringend.* Soll man denn niemals Ruhe haben vor dieser Person?! Ich habe kein Geld für Abenteurer!! An meinem stillen Herd ist kein Platz für Dirnen! –

MUTTER: Reg dich nicht auf, Hermann!

PROFESSOR: Ich will mich aufregen!

PASTOR: Beruhigen Sie sich, Herr Professor, Ihr Fräulein Schwester will weder ein Darlehen noch in den stillen Schoß der Familie zurückkehren ...

PROFESSOR: Sondern ...?

MUTTER: Vielmehr ...?

PASTOR: Sondern Ihr Fräulein Schwester ist vielmehr tot.

Pause

PROFESSOR: Tot?

PASTOR: Tot.

PROFESSOR faßt *sich wieder:* Woran ist sie denn ...?

PASTOR: An einem Herzleiden.

PROFESSOR *zerstreut:* So? – Na – wird wohl nicht so schlimm gewesen sein.

PASTOR: Es handelt sich nun ...

MUTTER: Um die Begräbniskosten? Tjä, Hermann, da können wir wohl nicht anders.

PROFESSOR *streng zur Mutter:* Hab' ich mich schon geweigert? Immerhin sind noch mehr Verwandte …

PASTOR: Es handelt sich nicht um die Begräbniskosten. Es handelt sich um die Hinterlassenschaft Ihres Fräuleins Schwester.

PROFESSOR: Hinterlassenschaft? Den Bastard? Niemals, Herr Pastor! Über meine reine Schwelle.

PASTOR: Es handelt sich nicht um Ihre Schwelle, Herr Professor, sondern um das Vermögen, das Ihr Fräulein Schwester hinterlassen hat.

PROFESSOR: Vermögen?

MUTTER: Tjä …?

PASTOR: Ja!

PROFESSOR: Wollen Sie sagen, daß meine Schwester reich war?

PASTOR: Es sieht so aus. *Es wird still im Zimmer.*

PROFESSOR *räuspert sich:* Und das erbt alles der Sohn?

PASTOR: Nein. Das Kind ist vor zwei Jahren gestorben!

PROFESSOR: Ach! Das arme Wurm! Das wußten wir ja gar nicht! Uns das nicht einmal mitzuteilen! Die Böse!

MUTTER *verbessernd:* Die liebe, gute …!

PROFESSOR: Die liebe, gute.

PASTOR: Sie dachte wohl nicht, daß es Sie interessieren würde!

PROFESSOR: Aber … aber!

MUTTER: So was interessiert einen doch – nicht, Hermann?

PROFESSOR: Wo wir so innigen Anteil gerade an dieser Affäre genommen haben! Ist ein Testament vorhanden?

PASTOR: Wäre keines vorhanden, so wären Sie wohl die nächsten Erben?

PROFESSOR: Allerdings.

PASTOR: Es ist aber eines vorhanden.

PROFESSOR und MUTTER: Oh …

PASTOR: Apropos: Kannte Ihr Fräulein Schwester Ihre feindliche Gesinnung gegen sie?

PROFESSOR *sich windend*: Nun … feindlich …

PASTOR: Ich meine: kannte sie die?

PROFESSOR: Ich muß es wohl annehmen!

PASTOR: Und wußte sie auch, daß vornehmlich Sie es waren, auf dessen Betreiben sie außer Landes mußte?

PROFESSOR: Ich habe aus meinem Herzen keine Mördergrube gemacht, Herr Pastor. Ich weiß, worauf Sie hinauswollen! Sie hat sich natürlich gerächt und hat uns nicht bedacht! Das sieht ihr ähnlich! Das sieht ihr ganz ähnlich! Nicht wahr, Mutter, das sieht ihr ähnlich!

MUTTER: Tjä – das sieht ihr wohl ähnlich, Hermann!

PASTOR *schüttelt den Kopf* ... Um so mehr wundert es mich –

PROFESSOR: Was wundert Sie, Herr Pastor?

PASTOR: Daß Ihr Fräulein Schwester Ihre Tochter Atlanta bedacht zu haben scheint.

PROFESSOR: Atlanta! *Mit verschleierter Stimme:* Was sagst du dazu, Mutter? *Ehe Mutter antworten kann:* Halt den Mund! Die gute Seele! De mórtuis níl nisi béne! Die gute Seele! So sag doch auch etwas, Mutter!

MUTTER: Tjä, Hermann!

PASTOR: Am besten, ich lese Ihnen den Brief vor! *Es wird totenstill im Zimmer. Der Pastor liest:* »Sehr geehrter Herr Pastor! Als die autorisierten Vertreter der dahingeschiedenen Josephine Nägler haben wir die Ehre, Sie, mein Herr, als den intimen Freund der Familie des Bruders der Abgeschiedenen zu informieren, daß die Verblichene Teile ihrer Liegenschaften in Montevideo ihrer Nichte Atlanta Nägler vermacht hat. Es ist jedoch notwendig, um die hierorts gesetzlichen Vorschriften zu erfüllen, daß sich die unmündige Erbin in Begleitung ihres gesetzlichen Vormundes, in diesem Falle ihres Vaters, hier in Montevideo einfindet, um das Erbe anzutreten. Schiffskarten für Herrn und Frau Professor und Tochter Atlanta sind auf Wunsch der Verstorbenen hier beigefügt. – Da uns die gegenwärtige Adresse des Herrn Professors unbekannt ist, bitten wir Sie, sehr geehrter Herr, Ihren Freund von diesem Schreiben in Kenntnis zu setzen. Wir danken Ihnen und zeichnen Perino, Perino, Perino, Rechtsanwälte.«

Schweigen.

PROFESSOR *nach einer langen Pause:* Ist hier jemand in diesem Raume von so niederer Gesinnung, mir zuzutrauen, daß ich auch nur einen Pfennig von dieser Erbschaft annehmen würde?? Seid ihr beide blind, nicht zu sehen, daß die Verfasserin dieses Testaments nur ein Ziel im Auge hatte: mich zu beschämen, wenn ich diese Erbschaft antrete?

PASTOR: Sie wird nie erfahren, ob Sie sie angetreten haben oder nicht!

PROFESSOR: Wieso nicht?

PASTOR: Sie ist doch tot!

MUTTER: Da ist etwas dran, was der Pastor sagt!

PASTOR: Darf ich fragen, worüber Sie so wütend sind? Erst waren Sie wütend, weil Sie dachten, sie hätte Sie enterbt. Jetzt sind Sie wütend, weil sie Ihnen etwas hinterlassen hat. Wollen Sie sich freundlichst entscheiden, worüber Sie wütend zu sein belieben?

PROFESSOR: »Quidquid id ést timeó Danaós et

dóna feréntes!« Wie jemand sagte, als man das hölzerne Pferd nach Troja brachte. »Ich fürchte die Danaer, auch wenn sie Geschenke bringen!

PASTOR: Sie fürchten gar nichts, sondern Ihr Gewissen quält Sie! Weil Sie jetzt fühlen, wie grausam Sie zu Ihrer Schwester waren und wie unwürdig Sie ihrer Güte sind! Und ich will nicht sagen, daß ich Sie deshalb tadle. Reue ist ein gutes Zeichen. Aber zuerst und vor allen Dingen haben Sie jetzt an Ihre Familie zu denken. Und sie ist nicht klein, Ihre Familie! Und Sie können es nicht verantworten, die Gelegenheit für eine gesicherte Zukunft mit Füßen zu treten!

PROFESSOR: Aber …

PASTOR: Nichts aber! Und außerdem sind Sie nicht der Erbe, sondern Ihre Tochter.

PROFESSOR: Aber ich bin ihr Vormund!

PASTOR: Eben! Und hoffentlich sind Sie sich der damit verbundenen Verantwortung bewußt!

PROFESSOR: Nun wohl, Pastor, wenn Sie mich von der Seite packen, mag ich es mir vielleicht überlegen.

PASTOR *lächelnd*: Ich wußte, Sie würden sich überzeugen lassen.

PROFESSOR: Lächeln Sie nicht, wenn Sie das sagen.

PASTOR: Warum nicht?

PROFESSOR: Nehmen Sie das Lächeln zurück!

PASTOR: Ein Lächeln kann nie etwas schaden.

PROFESSOR: Wohl, daß es kann!

PASTOR: Inwiefern?

PROFESSOR: Wo sind die Schiffsbilletts?

PASTOR: Hier.

PROFESSOR *die Billetts vor den Augen des Pastors zerreißend:* Insofern! *Ohne ein weiteres Wort verläßt er das Zimmer.*

MUTTER: Da haben wir's! Jetzt haben Sie alles verdorben!

PASTOR: So ein Dickkopf!

MUTTER: Sie kennen ihn doch: Er kann nicht existieren ohne seinen Heiligenschein!

PASTOR: Das ärgert mich eben! Er ist ein Hypokrit! Ein Scheinheiliger! *Er steht auf, um den Leim zu suchen.*

MUTTER: Aber er weiß es nicht!

PASTOR: Ja, nehmen Sie ihn nur in Schutz! Die kleine Lektion schadet ihm gar nichts!

MUTTER: Die kleine Erbschaft hätte uns auch nichts geschadet! Stellen Sie sich das vor! Einmal in ihrem jungen Leben hätte man die Kinder mit allem versorgen können, was sie brauchen. Oder mit ein bißchen mehr. Mit Dingen, die ihre kleinen Herzen sich wünschen! *Sie geht zur Kommode und nimmt eine kleine bauchige Flasche aus der Lade und bringt sie an den Tisch.*

Weihnachten zum Beispiel! Wenn ich daran denke, was andere Kinder bekommen, möchte ich mich am liebsten verstecken! Was suchen Sie dort?

PASTOR: Den Leim.

MUTTER: Hier! *Sie stellt das Leimfläschchen, das sie längst in der Hand hat, auf den Tisch. Der Pastor setzt sich und beginnt zu kleben.* Er meint es gut! Er wäre ein ganz anderer, wenn er mehr Geld hätte und weniger Sorgen!

PASTOR: Ein anderer? Meinen Sie auch ein Besserer?

MUTTER: Natürlich ein Besserer! Bekleckern Sie mein Tischtuch nicht mit dem Leim! Glauben Sie mir, wenn er auswärts nicht so viel zu buckeln hätte, müßte er zu Hause nicht den Tyrannen spielen! *Pastor sieht hilflos auf seine Finger, die Karten, den Teppich usw.* Na, nun klebt wohl so ziemlich alles mit Ausnahme der Schiffskarten? *Sie hilft ihm.*

PASTOR: Danke! Ich werde ihn schon rumkriegen! *Er erhebt sich, steckt seinen Brief wieder ein und geht zur Tür.* Ich gehe jetzt und hole eine Flasche Wein und den Bürgermeister, und alles andere überlassen Sie uns. *Er geht zur Tür.*

MUTTER *kopfschüttelnd:* Sie müssen an Wunder glauben!

PASTOR: Das ist mein Beruf. *Ab.*

MUTTER: *beginnt den Tisch abzuräumen.*

MARTA *draußen:* Auf Wiedersehen, Herr
Pastor.

MUTTER: *hinausrufend:* Martha, sei so gut und
räume hier mal ab. *Martha kommt eiligst und
räumt stillschweigend ab.*

MUTTER: *bringt den Leim auf den Platz in der
Kommode, nimmt dann die Schiffskarten vom
Tisch, überlegt und ruft, während Martha mit
dem Geschirr in die Küche geht:* Atlanta!

ATLANTA *von draußen:* Ja, Mutti?

MUTTER: Komm einen Augenblick rein, mein
Kind!

ATLANTA *eintretend:* Was ist, Mutti?

MUTTER: Setz dich. Ich habe mit dir zu sprechen.
*Sie zieht den Wäschekorb hervor und beginnt, die
Stücke durchzusehen und zu falten.*

ATLANTA *hilft Mutter:* Was ist los, um Gottes
willen, Mutti?

MUTTER: Deine Tante Josephine ... ist gestorben.

ATLANTA: Oh... armes Tantchen!

MUTTER: Gott gebe ihr Frieden. – Du bist nun ein
erwachsenes Mädchen, Atlanta, und ich denke, es
ist Zeit, daß ich mit dir über des Lebens ernstere
Probleme spreche ... *ihr das eine Bein einer langen Männerhose reichend:* Halt mal, mein Kind!
Sie setzt sich neben Atlanta.

ATLANTA: O ja, Mutti ...

MUTTER: Tante Josephine war das Opfer eines großen Unglücks. *Sie nimmt Nadel und Faden.*

ATLANTA: Ja, Mutti ...

MUTTER: Als sie in deinem Alter war ... oder vielleicht ein bißchen weniger als ein paar Monate älter ...

ATLANTA: Das kommt ja nicht drauf an, Mutti erzähl nur ...

MUTTER: Du weißt, mein Kind, nicht alle Mädchen sind so sorgsam behütet, wie du und deine Schwestern es sind.

ATLANTA: Nein, Mutti ...

MUTTER: Tante Josephine war es nicht. Und so konnte es geschehen, daß sie den Fehler ihres Lebens machte.

ATLANTA: Oh ...

MUTTER: Mit anderen Worten: Sie bekam ein Baby, ohne verheiratet zu sein ...

ATLANTA: Ja, Mutti, es war ein Junge, und er wog achteinhalb Pfund.

MUTTER: Woher weißt du das?

ATLANTA: Das wissen wir alle.

MUTTER: Von wem?

ATLANTA: Lohengrin. Er ist der einzige, der dableiben kann, wenn wir alle rausgeschickt werden.

MUTTER: Und wir dachten, er verstünde noch nichts.

ATLANTA: Das tut er auch nicht. Aber wir kriegen es raus aus ihm.

MUTTER: Das ist ja reizend! Und du, die Älteste, bist auch mit dabei? Schämst du dich nicht?

ATLANTA: Aber Mutti, wie können wir wissen, was rauskommt, wenn wir anfangen, ihn auszuquetschen!

MUTTER: Dann weißt du wohl auch, daß Tante Josephine aus der Familie ausgestoßen wurde?

ATLANTA: Ja, Mutti. Vater bestand darauf.

MUTTER: Richtig.

ATLANTA: War das nicht ein bißchen grausam von Papi?

MUTTER: Vielleicht. Aber er ist auch grausam gegen sich selbst in Fragen der Moral. Und es ist nicht an uns, ihn zu kritisieren.

ATLANTA: Nein, Mutti.

MUTTER: Besonders nicht, wenn wir wichtigere Sorgen haben!

ATLANTA: Was für Sorgen, Mutti?

MUTTER: Tante Josephine hat dir was vererbt …

ATLANTA: Oh …!

MUTTER: Die gute Seele!

ATLANTA: Wieviel, Mutti?

MUTTER: Das weiß ich nicht, aber du wirst nach Montevideo fahren.

ATLANTA *springt auf und tanzt um den Tisch*: Oh,

wie interessant! Oh, Mutti, wie wunder-, wundervoll! Wann fahren wir?

MUTTER: Das ist es eben. Vater will nicht.

ATLANTA: Warum nicht?

MUTTER: Er weigert sich, das Geld anzurühren!

ATLANTA: Das braucht er nicht. Ich werde es
anrühren!

MUTTER: Das will ich nicht gehört haben!

ATLANTA *kommt gelaufen und kniet an Mutters
Seite:* Es ist mir so herausgerutscht.

MUTTER: Eben. – Und nun kommt das, weshalb
ich mit dir sprechen wollte: wenn Vater die Ange-
legenheit dir gegenüber erwähnt.

ATLANTA: Dann rede ich ihm zu …

MUTTER: Nein. Das würde er merken …

ATLANTA: Dann rede ich ihm lieber ab …

MUTTER: Das kommt ganz darauf an. Das muß
man fühlen. Du mußt diplomatisch sein. Es wird
höchste Zeit, daß du lernst, mit Männern umzu-
gehen.

ATLANTA: Oh, das kann ich, Mutti.

MUTTER: So?

ATLANTA: Herbert tut alles, was ich will …

MUTTER: Ja?

ATLANTA: Vorgestern wollte ich mit ihm ins
Kino gehen, und er ist mit mir ins Kino gegan-
gen!

MUTTER: Das ist allerdings …

ATLANTA: Mutti, du kommst doch natürlich mit nach Montevideo? *Sie springt wieder um den Tisch.*

MUTTER: Einer muß bei den Kindern bleiben. Außerdem hätte ich nichts anzuziehen.

ATLANTA *bleibt jetzt hinter dem Tisch stehen:* Das ist es, worüber ich schon lange mit dir sprechen wollte, Mütterchen. Du kannst nicht mehr so rumlaufen mit deinen langen Kleidern von Großmutti. Mir blutet das Herz, wenn ich das sehe. Wirklich, Mutti.

MUTTER: Du vergißt, daß ich zwölf Kinder habe, darunter eine heiratsfähige Tochter.

ATLANTA: Eben. Und du hängst alles auf uns hinauf. Namentlich auf mich. Ich will das nicht. Lieber laufe ich nackend umher.

MUTTER: Ich glaube nicht, daß dein Vater damit einverstanden wäre.

ATLANTA: Ach, Papi! Manchmal bin ich wütend auf Papi!

MUTTER: Ich auch! – Das will ich nicht gehört haben. Warum bist du wütend?

ATLANTA: Daß er dich so rumlaufen läßt.

MUTTER: Er gibt mir jeden Pfennig, den er verdient. Außerdem sieht er es gar nicht, ob ich lange oder kurze Kleider trage. Er sieht mir in die Augen und nicht auf die Kleider.

ATLANTA *sehr beeindruckt, kommt hinter Muttis*

Stuhllehne: Verzeih, Mutti, das war sehr töricht, was ich gesagt habe. Und du weißt, daß ich es nicht böse gemeint habe, nicht wahr? Ich fühle sehr wohl, wie lieb er uns alle hat, so wunderlich er manchmal ist.

MUTTER: Alle Männer sind wunderlich, mein Kind. Und solange wir ihre Wunderlichkeit nicht merken, sind wir verliebt. Und sobald wir sie sehen und sie stört uns nicht, lieben wir.

ATLANTA *lehnt ihre Wange an Muttis Kopf.* Oh, Mutti, ich fange gleich an zu weinen. Ich verdiene eine solche Mutti gar nicht. Glaubst du, daß ich meinem Mann eine gute Frau sein werde?

MUTTER: Wie ich uns kenne, wird dir gar nichts anderes übrigbleiben. – Wann wollte Herbert denn hier sein?

ATLANTA: Um eins. *Eine Kuckucksuhr ruft:* »Kuckuck«.

MUTTER: Es ist eins. *Es klingelt.*

ATLANTA: Gut erzogen? *Stürzt zum Spiegel.*

MUTTER: Na wunderbar! Aber du glühst ja, Mädel. Es ist gar nicht gut, die Männer merken zu lassen, wie sehr uns an ihnen gelegen ist.

ATLANTA: Ich lasse mir bestimmt nichts anmerken, Mutti. *Herbert Kraft tritt ein. Er will auf Atlanta losstürzen, die auf Mutter zeigt, worauf er erst diese artig begrüßt.*

HERBERT: Guten Tag, Frau Professor.

MUTTER: Guten Tag, Herr Kraft.

HERBERT *übertrieben förmlich*: Guten Tag, Atlanta!

ATLANTA: Guten Tag, Herbert! *Pause.*

MUTTER: Na, wie wär's mit ein bißchen Kaffee und Kuchen?

HERBERT: Das wäre wunderbar, Frau Professor.

MUTTER: Ich setze welchen auf. Ich decke im Kücheneckchen für euch. Dort ist es gemütlicher.

HERBERT: Bei Ihnen ist es überall gemütlich, Frau Professor.

MUTTER: Komplimente sind bei Atlanta zu deponieren, Herr Kraft.

HERBERT *außer sich*: Ich … ich könnte Sie umarmen und küssen, Frau Professor!

MUTTER: Später mal! – Ich rufe euch, Kinder. *Ab.*

HERBERT: Deine Mutter ist die süßeste Mutter, die ich je … *Er wird unterbrochen, weil Atlanta auf ihn zugelaufen ist und ihn abküßt. Augen, Stirne, Mund und Nase.*

ATLANTA: Nicht wahr, du merkst nichts? Mutti sagt, ich soll dich nicht merken lassen, wie lieb ich dich habe. Nicht wahr, du merkst nichts? *Sie küßt ihn aufs neue.*

HERBERT: Gar nichts. *Er küßt sie ebenso innig.* Atlanta! Wie lieb ich dich habe! Atlanta! Was für ein süßer Name! *Blickt ihr voll Zärtlichkeit in die Augen.*

ATLANTA *tut das gleiche:* Weißt du, wieso ich zu dem Namen gekommen bin? *Sie setzt sich auf den Tisch.*

HERBERT: Wegen deiner blauen Augen?

ATLANTA: Nein. – Paß auf: Vati und Mutti heirateten sozusagen auf ihrer Hochzeitsreise ... originell, nicht wahr? ... und zwar auf dem amerikanischen Schiff »S. S. Atlanta«! Mitten im Atlantik! Und so beschlossen sie, falls ich ein Mädchen würde, mich »Atlanta« zu taufen.

HERBERT: Und?

ATLANTA: Und? Ich bin ein Mädchen geworden, das siehst du doch!

HERBERT: Das sehe ich doch! *Küßt sie wieder zärtlich und setzt sich zu ihr auf den Tisch.*

ATLANTA: Weißt du, was ich möchte?

HERBERT: Was denn?

ATLANTA: Daß wir, wenn es das Schiff noch gibt, auch auf der »Atlanta« heiraten. Es hat den Eltern solches Glück gebracht. Sie haben sich nämlich sehr lieb, mußt du wissen.

HERBERT: Ich glaube, deine elf Geschwister bezeugen das.

ATLANTA: Werden wir auch zwölf Kinder haben?

HERBERT: Ich möchte mich nicht gleich auf eine

beschränkte Anzahl festlegen. Wenn wir es uns leisten können, möchte ich zwölf Dutzend von dir haben.

ATLANTA *tanzt, sich im Kreise drehend, von ihm weg:* Leisten? Vielleicht können wir es uns leisten!

HERBERT: Nanu? Ein Geheimnis? *Steht auf.*

ATLANTA *fliegt wieder an seinen Hals:* Tante Josephine ist tot und hat mir was vererbt.

HERBERT: Oh …

ATLANTA: Ich weiß noch nicht, wieviel es ist, aber sicher genug, daß wir heiraten können.

HERBERT: Hoffentlich ist es nicht zuviel …

ATLANTA: Wie meinst du das?

HERBERT: Wenn du ein reiches Mädchen wirst, bin ich deinem Vater vielleicht nicht mehr gut genug als Schwiegersohn … *Dabei setzt er sich an den Tisch.*

ATLANTA: Wen heiratest du? Vater oder mich? Setzt sich zu ihm. Keine Angst, Herbert, für mich gibt es keinen anderen Mann in der Welt! Alles hängt jetzt davon ab, Vater dazu zu kriegen, mit mir nach Montevideo zu fahren.

HERBERT: Nach Montevideo?

ATLANTA: Ja. Dort müssen wir die Erbschaft antreten …

HERBERT: Nach Montevideo! Vielleicht sollte ich doch noch vorher um deine Hand bitten …

ATLANTA: Hast du Angst, daß ich mich in Montevideo verlieben könnte?

HERBERT: Erstens das. Und zweitens habe ich Angst vor deinem Vater ...

ATLANTA: Vor Papi?

HERBERT: Ja, vor Papi. Ich hätte schon längst um dich angehalten, wenn mir nicht immer im letzten Moment der Mut dazu fehlte. Dein Papi erinnert mich so schrecklich an einen Pauker, den wir hatten – Verzeihung: Lehrer – und dein lieber Papi ist ja auch Lehrer und hat alle diese Allüren, unter denen ich einst so gelitten habe, daß ... ich weiß nicht, wieso ... in seiner Gegenwart werde ich sofort zum Schüler.

ATLANTA: Jeder wird in Papis Gegenwart zum Schüler ...

HERBERT: Mag sein, aber ich benehme mich dann so trottelhaft, daß ich fürchte, Papi wird sich mit Recht weigern, seine Tochter einem ausgemachten Halbidioten zu geben.

ATLANTA *zärtlich sein Haar streichelnd*: Papi liebt ein gewisses Maß von Beschränktheit.

HERBERT: Und du glaubst, ich werde seinen Ansprüchen genügen? Ich fürchte, ich werde alle seine Erwartungen übertreffen ...

ATLANTA: Pst ... er kommt! *Beide fahren auseinander.*

PROFESSOR *eintretend:* Wo ist denn die Mama? –

Ei sieh da, mein lieber Herr Gewalt!

HERBERT: Kraft!

PROFESSOR: Kraft vielmehr. *Zu Atlanta:* Wo ist denn die Mama? *Späht im Zimmer umher.*

ATLANTA: In der Küche.

PROFESSOR: Was macht sie da?

ATLANTA: Kaffee.

PROFESSOR: Soso. *Immer noch suchend:* Hast du keine Papierschnitzel herumliegen sehen?

ATLANTA: Nein, Papa.

PROFESSOR: Bläuliche?

ATLANTA: Nein, Papa.

PROFESSOR *zu Herbert, streng:* Sie auch nicht?

HERBERT *wie ein Schüler:* Nein, Herr Professor.

PROFESSOR: Haben Sie mir überhaupt schon einmal eine positive Antwort gegeben?

HERBERT *wieder ganz Schüler:* Nein, Herr Professor.

PROFESSOR: Setzen!

HERBERT *setzt sich a tempo. Professor geht ab:* Da hast du's. Wenn er mich anguckt, fühle ich mich wie ein Kaninchen unter dem Blick einer Schlange.

ATLANTA: Das macht nichts. Ich werde bei ihm um deine Hand anhalten ...

MUTTER *eintretend:* So, Kinder, der Kaffee wartet.

HERBERT *wie erlöst:* Sie sind so lieb, Frau Professor.

ATLANTA: Komm, Herbert. Wiedersehen, Mutti. *Sie zieht Herbert mit fort und schiebt ihn hinaus. In der Tür:* Papi hat nach dir gefragt, Mutti.

MUTTER: So?

ATLANTA: Und nach Papierschnitzeln.

MUTTER: Ei, sieh mal an!

ATLANTA: Bläulichen.

MUTTER: Ja, ja …

ATLANTA: Wiedersehn, Mutti!

MUTTER: Wiedersehn. *Atlanta ab. Mutter hört den Professor kommen und beschäftigt sich mit dem Wechseln der Tischdecke, ein Liedchen summend.*

PROFESSOR *eintretend. Er sucht jetzt im Papierkorb nach den Billettresten.*

MUTTER: Suchst du was?

PROFESSOR: Wo ist der Pastor?

MUTTER: Nicht im Papierkorb!

PROFESSOR: Wo er hingegangen ist?

MUTTER: Er holt eine Flasche Wein.

PROFESSOR: Wozu?

MUTTER: Zum Trinken …, ich meine, zum Servieren beim Kartenspiel …

PROFESSOR: Aha! *Mutter holt den Strickstrumpf aus dem Wäschekorb.*

MUTTER: Und bevor er ging, hielt er mir einen kleinen Vortrag.

PROFESSOR: Worüber?

MUTTER: Über dich. *Sie geht an den Tisch.* – Er sagte, du seist ein Tyrann. *Sie setzt sich, mit dem Rücken zum Vater.*

PROFESSOR: Sieh mal an! *Setzt sich neben den Wäschekorb.*

MUTTER: Er sagte aber auch, daß sich unter deiner rauhen Schale das Herz eines Lämmchens verberge ...

PROFESSOR: So, so. *Sucht im Wäschekorb.*

MUTTER: Und daß, wenn du jemals zu Geld kommen solltest, du der wohltätigste Bürger in der Gemeinde sein würdest.

PROFESSOR: Einen Schm ... Das hat er gesagt?

MUTTER: Das hat er gesagt. Und ferner hat er gesagt, daß der Gedanke an Wohltätigkeit der einzige Anlaß für dich sein könnte, dieser Erbschaft eventuell doch etwas näherzutreten!

PROFESSOR: So, so. – Und du?

MUTTER: Ich mußte ihm recht geben. *Professor erhebt sich und kommt vor den Tisch.* – Nimm mal an, wir erbten hunderttausend Dollar!

PROFESSOR: Du bist wahnsinnig ...

MUTTER: Nein, nein, nur um mit einer Zahl zu beginnen! Von hunderttausend Dollar könntest du leicht zehntausend Dollar wohltätigen Zwecken stiften.

PROFESSOR *sinnend ins Publikum blickend*: Natürlich könnte ich das!

MUTTER: Das hängt ganz von dir ab …

PROFESSOR: Fünftausend jetzt und fünftausend später … eventuell …

MUTTER: Da hätte dir niemand was dreinzureden …

PROFESSOR: Hm! Von dieser Seite sah ich's nie! In der Tat, wenn man bedenkt, wieviel Gutes ich mit diesem Gelde stiften könnte … so betrachtet, hätte ich eigentlich kein Recht, das Geld zurückzuweisen … kein Recht!

MUTTER: Kein Recht!

PROFESSOR: Ich sagte das bereits zweimal! Kein Recht! … Ich müßte meinen Stolz auf dem Altar der Wohltätigkeit verplempern … opfern!

MUTTER: Natürlich darfst du nicht zu weit gehen … in deiner Wohltätigkeit. Bedenke, unsere letzten sechs Kinder sind noch niemals in einem Kaufhaus gewesen. Sie tragen alle auf, was die ersten sechs ausgewachsen haben.

PROFESSOR: Es ist eine Schande!

MUTTER Und noch etwas: Wie wäre das, wenn du spazierengingest und die Leute auf der Straße wisperten: »Da geht er, unser Wohltäter!«

PROFESSOR: Hör auf …!

MUTTER: Dann könntest du auch mit manchen sogenannten Freunden Abrechnung halten!

PROFESSOR: Mein Gott, was ich unserm Rektor beim Abschied sagen würde! »Lieber Freund«, würde ich sagen, »le …«

MUTTER *schreit laut auf!*

PROFESSOR: … leben Sie wohl!« würde ich sagen.

MUTTER: Traugottchen, denk doch an die wundervolle Reise. Der Traum eines Lebens wird Wirklichkeit!

PROFESSOR: Unsere ersten gemeinsamen Ferien!

MUTTER: Gemeinsam? Ich fürchte, ich werde bei den Kindern bleiben müssen. Sag, warum nimmst du nicht den Pastor mit auf meine Karte?

PROFESSOR: Mutter, ich durchschaue dich wie eine Glasscheibe. Er soll nicht nur auf meine Seele aufpassen …

MUTTER: So habe ich es nicht gemeint.

PROFESSOR: Wo sind die Schiffskarten?

MUTTER: Der Pastor hat sie zusammengeklebt.

PROFESSOR: Aha.

MUTTER: Wieso aha?

PROFESSOR: Du Schlange! Wer gab Adam den Apfel?

MUTTER: Eva. Aber ich glaube nicht, daß Adam sich so lange bitten ließ.

PROFESSOR: Sicher nicht. *Erfaßt sie um die Taille, aber sie entwindet sich.*

MUTTER: Traugott, du vergissest dich!

PROFESSOR: Im Gegenteil! Ich besinne mich auf dich. Weißt du, was mir gerade einfällt? Wenn ich das Geld nehme, könnten wir uns unter anderen Dingen auch noch ein Baby leisten.

MUTTER: Traugott Hermann, das geht zu weit! *Sie geht zur Tür und ruft zurück:* Casablanca! *Ab.*

PROFESSOR *nach einem Augenblick des Nachdenkens:* Sie meint Casanova! *In sehr gehobener Laune summt er ein Liedchen vor sich hin und geht Mutter nach. Vor einem Spiegel bleibt er stehen, verbeugt sich vor seinem Spiegelbild und flüstert:* »Da geht er, unser Wohltäter!« *Er verläßt das Zimmer. – Pastor und Bürgermeister treten auf.*

PASTOR *versucht die mitgebrachte Flasche Wein zu öffnen:* Also vergessen Sie nicht: Wenn die Rede auf die Reise nach Montevideo kommt, sind Sie dafür und ich dagegen.

BÜRGERMEISTER: Gemacht!

PASTOR: Dann beweisen Sie mir, und das wird den Professor überzeugen, was für ein Trottel ich bin …

BÜRGERMEISTER: Eine Kleinigkeit … *lacht überlaut:* Hohohohoho …

PROFESSOR *eintretend, ein Kartenspiel in der Hand:* »Nenne mir, Muse, den Mann, den Vielgereisten …«

Ah, da ist ja auch unser Bürgermeister! Wie geht es Ihnen, Sie alter Pomuchelskopp? *Er schlägt ihm jovial auf die Schulter.*

BÜRGERMEISTER: Ich habe Sie schon lange nicht so guter Laune gesehen, Sie alter Duckmäuser. *Er schlägt ihm stärker auf die Schulter.*

PROFESSOR *das Kartenspiel auf den Tisch werfend:* Und das ärgert Sie, Sie alter Erbschleicher! *Er schlägt ihm noch stärker auf den Rücken.*

BÜRGERMEISTER: Nein, das freut mich. Sie altes Patentekel! *Haut ihm auf den Buckel, daß der Professor fast über den Tisch fliegt. Stammtischhumor! Immerhin war der letzte Schlag so, daß der Professor es vorzieht, das Spiel abzubrechen. Während der Bürgermeister noch dröhnend über seinen Witz lacht, nimmt der Professor die Flasche in die Hand und studiert das Etikett.*

PROFESSOR *sprachlos:* Neuchâtel! Pastor, wo haben Sie den aufgetrieben?

PASTOR: Suchet, so werdet ihr finden!

PROFESSOR: Das ist Bestechung!

MUTTER *eintretend. Sie hat ein Teeschürzchen zum Kartenspiel angelegt:* Guten Tag, meine Herren! *Zum Bürgermeister:* Wie geht es unserem Stadtoberhaupt heute abend?

BÜRGERMEISTER: Prachtvoll, Frau Professor. Nie besser!

PROFESSOR: Mutter, erinnerst du dich, wann wir diesen Wein zum letzten Mal tranken?

MUTTER: Natürlich, Liebling. Wer gibt?

PASTOR: Immer, wer fragt!

PROFESSOR: Na, wann war es? *Er schenkt ein.*

MUTTER: Das weiß doch jedes Kind! *Mutter teilt.*

PROFESSOR: Ich will es von dir hören! Den Ort, das Jahr und bei welcher Gelegenheit!

BÜRGERMEISTER: Er ist nicht glücklich, wenn er nicht jemand prüfen kann!

PROFESSOR: Nun, Mutter?

MUTTER: Sag du's doch Liebling! *Bürgermeister nimmt eine Karte und legt eine der seinen ab.*

PROFESSOR: Ich will es dir sagen: Es war genau vor achtzehn Jahren am Thunersee, im Schweizerland! Als wir uns verlobten!

MUTTER: Oh!

PROFESSOR: Ja, oh! *Nimmt seine Karten und ordnet sie.* Wir saßen in einem kleinen Gartenlokal am Ufer des Sees. *Er nimmt eine neue Karte auf.* Die Sonne schien von einem blauen Himmel in ein blaues Wasser. Weit in der Ferne reckten die Bergriesen – guck mir nicht in die Karten – ihre schneebedeckten Häupter in das Firmament!

MUTTER: Leg eine Karte ab, Liebling!

PROFESSOR: Einen Augenblick! In das Firmament! Die Saaltochter brachte eine Flasche Neuchâtel, und nun sprachst du … weißt du noch, um was du mich batest?

MUTTER: Dich nicht zu betrinken. Nun leg schon eine ab, Liebling!

PROFESSOR: Du batest mich, dir zu sagen, ob ich dich liebe! *Er wirft eine Karte auf den Tisch!*

MUTTER: Auf die habe ich gewartet! Aus! *Sie legt ihre Karten auf.*

ALLE *gucken auf die Karten:* Nein!!!

MUTTER: Ja! *Nimmt den Block, um zu notieren.*

PROFESSOR: Sooft ich sentimental werde, kostet es mich Geld!

PASTOR: Es bleibt in der Familie! *Er teilt.*

BÜRGERMEISTER: Da wir gerade von der Schweiz sprechen! Es gibt doch nichts Schöneres, als hin und wieder eine kleine Reise zu machen! Wie? Oder noch besser, eine große! Was? Haben Sie schon gehört, Pastor, was der Apotheker von seiner Reise nach Montevideo erzählte? Ich bin fast gestorben vor Lachen!

PROFESSOR: Fast? Probieren wir es noch einmal!

BÜRGERMEISTER: Nicht in Gegenwart der Frau Professor!

PROFESSOR: Ach, sie hat noch nie einen Witz verstanden!

MUTTER: Hermann! Wie kannst du so etwas sagen! Den werde ich verstehen! Bitte, Herr Bürgermeister! Bitte erzählen Sie.

BÜRGERMEISTER: Also, unser Apotheker geht spazieren in einer Straße in Montevideo. ... *lacht.* Da plötzlich ... *lacht.*
Es ist zu komisch!

PROFESSOR *streng:* Das werden wir beurteilen!

BÜRGERMEISTER: Also unser Apotheker geht spazieren in einer Straße in Montevideo ... *Muß wieder lachen.*

MUTTER: Er lacht so elegant!

BÜRGERMEISTER: Also, unser Apotheker geht spazieren in einer Straße in Montevideo.

PROFESSOR: Muß eine längere Straße gewesen sein!

BÜRGERMEISTER: Da plötzlich sieht er eine Menschenmenge vor einem Schaufenster stehen. Er geht näher und sieht in diesem Schaufenster eine lebende, wunderschöne Dame in einer Badewanne liegen! Mit nichts bekleidet als mit Seifenschaum bis an den Hals – es war eine Reklame für eine Badeseife!

MUTTER: Wie hieß die Seife?

PROFESSOR: Das ist doch wurscht!

BÜRGERMEISTER: Da plötzlich riß ein junger Mann aus der Menge den Hut vom Kopf und fing an, die Nationalhymne zu schmettern! – Aber ... es wirkte nicht!

PASTOR: Wieso nicht?

PROFESSOR: Warum nicht?

BÜRGERMEISTER: Sie stand nicht auf! *Tolles Ge-lächter. Mutter versteht es nicht.*

PROFESSOR *alle zur Ruhe mahnend:* Na, Mutter?

MUTTER *nach angestrengtem Nachdenken:* Viel-leicht war sie eine Ausländerin? *Unbeschreibli-ches Gelächter.*

BÜRGERMEISTER Na, Pastor, was ist denn Ihre Mei-nung?

PASTOR: Worüber?

BÜRGERMEISTER: Reisen! Die Welt – *bei diesem Wort gibt er dem Pastor heimlich einen Tritt* – se-hen?

PASTOR: Nee, nee! Ich bleibe am liebsten in meinen vier Wänden! *Hier kriegt der Pastor einen Tritt von Mutter.* Bleibe im Lande und nähre dich red-lich!

PROFESSOR: Ihr beiden miserablen Schauspieler! Bevor ihr eure Komödie weiterspielt, laßt euch sagen, daß ich niemals an die Großmut meiner Schwester glauben werde! Quidquid id est …!

PASTOR: Ach was! Ich kann kein hölzernes Pferd in diesem Testament entdecken! Bedenken Sie doch, wieviel Gutes Sie mit dem Gelde tun könn-ten!

BÜRGERMEISTER: Denken Sie an die Gemeinde! Wir könnten endlich den geplanten Tunnel bauen vor dem Schulhaus, damit die Kinder nicht über die belebte Straße müssen. Wir würden ihn den Hermanntunnel nennen!

MUTTER: Traugott!

BÜRGERMEISTER: Oder den Traugott-Tunnel!

PASTOR: Oder den Hermann-Traugott-Tunnel! Und denken Sie auch an Ihre Familie!

MUTTER: Ach ja, Hermann! Denke doch! Wir könnten uns unter anderem, wie du doch selbst vorhin sagtest, auch noch ein … Du weißt schon, was … leisten!

PROFESSOR *überwältigt:* Wo sind die Schiffskarten?

MUTTER: Hier!

BÜRGERMEISTER *anstimmend:* Zweidrei: Muß i denn, muß i denn …

ALLE *einfallend:* Zum Städtelein hinaus, Städtelein hinaus … *Professor und Bürgermeister, Mutter und Pastor haben angestoßen.*

PROFESSOR *stößt mit Mutter an:* Und du, mein Schatz, bleibst hier …

VORHANG

ZWEITER AKT

Da wären wir nun: in der zart parfümierten Atmo-
sphäre des Empfangssalons im Haus in Montevi-
deo. Was uns zunächst auffällt, ist über einem ge-
schmackvollen, großen Plattenspieler das Gemälde
einer schönen Frau in weißem Pelz und rotem Haar,
offenbar das einer Künstlerin. Sie lächelt rätselhaft
und ist für die Begriffe eines Banausen sogar reiz-
voller als die Mona Lisa. Ihr Lächeln beherrscht
den ganzen Raum, der im übrigen mit weichen Sitz-
gelegenheiten wohl ausgestattet ist. Hier läßt es sich
gut empfangen.
Ein kardinalrotes Plüschrundsofa in der Mitte der
Bühne hebt sich vorteilhaft ab von dem Grün der
exotischen Pflanzen im Patio, der sich im Hinter-
grunde, eingerahmt durch Glasperlenportieren, an
den Salon anschließt, und in dem die Sonne mit dem
dünnen Strahl eines kleinen Springbrunnens spielt.
Eine leichte Treppe mit zierlichem schmiedeeiser-
nem Geländer führt in launigem Schwung hinauf
zur Balustrade, von wo mehrere Türchen in mehre-
re Zimmerchen führen. Der bei aller Exotik ge-
wahrte Geschmack läßt vermuten, daß dieses Eta-
blissement, was immer es sei, kein billiges ist. Von

dem kardinalroten Sofa, das sich so gut vom Grün des Patio abhebt, hebt sich seinerseits Pastor Riesling in seinem hellgelben, fertig gekauften Tropenanzug farbenfreudig ab. Es scheint ihm hier außerordentlich zu gefallen. Mit Behagen liest er seine Zeitung. Leise Grammophonmusik eines rassigen Tangos, zu dessen Rhythmus der Pastor unbewußt mit dem Fuße wippt, weht süß aus einem der Zimmerchen, als der Professor oben auf der Balustrade erscheint. Er scheint prächtiger Laune und sein Mißtrauen – wenigstens im Augenblick – von Ferienstimmung verdrängt zu sein. Er riskiert sogar ein paar Tanzschritte, und man muß feststellen, daß er kein schlechter Tänzer gewesen sein muß!
Als er den Pastor bemerkt, beugt er sich über das Geländer und ruft gutgelaunt:

PROFESSOR: Den allerschönsten guten Morgen, lieber Pastor!
PASTOR: Guten Morgen. Ich dachte, Sie stünden überhaupt nicht mehr auf.
PROFESSOR: Ich habe geschlafen wie Dornröschen, wenn ich auch nicht so aussehe! Diese Betten! Haben Sie jemals zuvor auf solch einer Matratze gelegen, Pastor? Was sage ich gelegen – geschwebt!
PASTOR: Und diese seidenen Decken! Ich habe kaum gewagt, mich damit zu verhüllen.

PROFESSOR: Ich hoffe, Sie taten es trotzdem. Und dieses Haus! *Er beklopft die Wände.* Was glauben Sie, ist es wert?

PASTOR: Oh, ich sollte sagen hunderttausend Mark.

PROFESSOR: Ich denke nicht daran, es zu verkaufen! – Pastor, heute abend feiern wir! Sie sind mein Gast! Wir werden Montevideo kennenlernen und Montevideo uns!

PASTOR: Glückliches Montevideo! Wird Atlanta dabei sein?

PROFESSOR: Wo denken Sie hin?

PASTOR: Schläft sie noch?

PROFESSOR: Ich glaube. *Kommt die Treppe herunter.*

PASTOR: Sollten wir sie nicht wecken?

PROFESSOR: Lassen Sie sie! Gönnen wir ihr die Sensation, einmal allein in einem Bette zu schlafen … Sie wissen, wir konnten uns nie so viele Betten leisten wie Kinder. – Im übrigen bin ich hungrig wie ein Bär.

PASTOR: Das Frühstück ist bereits bestellt.

PROFESSOR: Wie aufmerksam! *Er bleibt vor dem Porträt an der Wand stehen.* Pastor!

PASTOR: Ja?

PROFESSOR: Wissen Sie, wer das ist?

PASTOR: Ihre Schwester.

PROFESSOR: Josephine! Sie hat sich gar nicht verändert!

PASTOR: Das Porträt einer vollendeten Dame.

PROFESSOR: Ja. Das Porträt ist vollendet!

PASTOR: Fangen Sie schon wieder an? Wollen Sie sich freundlichst erinnern, daß Sie Gast in ihrem Hause sind!

PROFESSOR: Sie vergessen …

PASTOR: Ich vergesse nichts. Ich weiß nur, daß sie Ihre Grausamkeit mit einer sehr noblen Rache beantwortet hat.

PROFESSOR: Vielleicht sind meine Ansprüche an Moralbegriffe zu hoch.

PASTOR: Sicher! Außerdem dachte ich, wir wären auf Ferien hier.

PROFESSOR: Moral kennt keine Ferien. Hat man sie, ist sie wie ein undurchlässiger Mantel. Keine Versuchung kann ihn durchdringen.

PASTOR: Ich hoffe, Sie halten ihn gut zugeknöpft heute abend.

PROFESSOR: Kleiner Schelm! Was denken Sie, daß ich vorhabe? Nur ein bißchen umsehen! Das kann nichts schaden.

BELINDA *ein sehr niedliches Stubenmädchen, tritt ein, einen Frühstückswagen in die Halle rollend:* Guten Morgen, Herr Professor. Guten Morgen, Herr Pastor. Madame de la Rocco wird im Augenblick kommen, um die Herren zu begrüßen.

Sie möchten es sich inzwischen bequem machen und mit dem Frühstück beginnen. – *Zum Professor:* Ihre kleine Freundin ist noch nicht auf, wie ich sehe?

PROFESSOR: Die kleine Freundin ist meine Tochter.

BELINDA: Oh! Ich werde ihr Frühstück warm stellen, bis sie kommt. *Sie nimmt ein Kännchen wieder mit.* Wenn Sie noch einen Wunsch haben, meine Herren, ich heiße Belinda. *Knickst und geht ab.*

PASTOR *ihr nachsehend:* Belinda.

PROFESSOR *mißtrauisch:* Wer ist Madame de la Rocco?

PASTOR: Die Vorsteherin dieses Hauses. Sie ist im Dienste Ihrer Frau Schwester seit Jahren, wie ich höre.

PROFESSOR: Im Dienste meiner Schwester seit vielen Jahren ... so ... so ...

PASTOR: Was paßt Ihnen daran wieder nicht?

PROFESSOR: De la Rocco ... ? Der Name paßt mir nicht!

PASTOR: Sie sind unheilbar! *Er setzt sich ans Frühstückstischchen, an dem der Professor bereits Platz genommen hat.*

PROFESSOR: Seit sechs Wochen unser erstes Frühstück an einer nicht schaukelnden Tafel!

PASTOR: Ist es schon sechs Wochen, daß ich meine

Schäfchen verlassen habe? Wissen Sie, Professor, daß, so sehr ich Ihre Einladung sonst genieße, ich mir Gewissensbisse mache?

PROFESSOR: Es ist meine Schuld! Ich hätte Ihre ganze Herde mitschleppen sollen!

PASTOR *lachend:* Ich freue mich jedenfalls, daß Sie Ihre gute Laune wiedergewonnen haben, die Ihnen auf dem Schiff so gänzlich abhanden gekommen war.

PROFESSOR: Seekrankheit hat nichts zu tun mit körperlicher Kraft oder Schwäche.

PASTOR: Nein. Sie hat etwas mit dem Gehirn zu tun.

PROFESSOR: Sehr richtig. Und ich freue mich, daß Sie so wenig darunter zu leiden hatten!

PASTOR: Hahahahaha!

MADAME DE LA ROCCO *erscheint auf der Balustrade. Südländischer Typus, sehr distinguiert. Sie trägt ein großes, schwarzes Abendkleid. Mit einem großen, ebenfalls schwarzen Spitzenfächer weht sie sich Kühlung zu.* Guten Morgen, meine Herren. Ich bin glücklich, Sie in unserem Heim willkommen zu heißen. Ich hoffe, Sie haben gut geruht nach der beschwerlichen Reise?

PROFESSOR: Danke sehr, Madame … e …

ROCCO: De la Rocco.

PROFESSOR: Wollen Sie nicht bei uns Platz nehmen?

ROCCO: Nur, wenn ich Sie in Ihrem Frühstück nicht störe. *Setzt sich zu ihnen.* Was macht unser kleines Töchterchen? Sie muß sehr müde sein, das liebe kleine Ding. Ich hoffe, sie wird sich gut bei uns einleben und recht lange bei uns bleiben! Das süße Herzchen! – Was ist Ihr Programm für heute, Herr Professor?

PROFESSOR: Zunächst wollte ich mit Herrn Perino sprechen, dem Rechtsanwalt meiner Schwester.

ROCCO: Er ist im Gericht heute morgen, aber er hat telefoniert, daß er Sie hier aufsuchen wird, sobald er abkömmlich ist. Gibt es irgend etwas, womit wir Ihnen inzwischen die Zeit vertreiben können? *Sie lächelt angenehm.*

PASTOR: Ist hier nicht ein berühmtes Aquarium? Ich glaube, das würde unseren Professor interessieren, nicht wahr?

PROFESSOR: Ja ... e ... natürlich ... oder irgend etwas anderes ... e ... wir können uns das noch überlegen ...

ROCCO: Natürlich. – Es sind auch bereits zwei Briefe für Sie angekommen, Herr Professor. *Sie nimmt sie aus ihrem Dekolleté und gibt sie ihm.*

PROFESSOR: Vielen Dank. – Sagen Sie, Madame ... in welchem Zimmer ist eigentlich meine arme Schwester gestorben?

ROCCO: Sie ist nicht hier gestorben. Sie starb in der Klinik ...

PROFESSOR: O ja, natürlich ..., ich meine, in welchem Zimmer pflegte sie sich aufzuhalten, die Gute?

ROCCO: Oh, sie hat nicht hier gewohnt.

PROFESSOR: Nicht hier? Hatte sie mehrere Häuser?

ROCCO: Aber ja. Sie hat zwölf solcher Institute über das ganze Land verstreut besessen. Ich verwalte sie alle.

PROFESSOR: Institute?

ROCCO: Sie haben davon gehört, natürlich?

PROFESSOR: Natürlich ... e ...

ROCCO: Natürlich! Vier davon sind allein auf Montevideo verteilt. Später, wenn es Ihnen Spaß macht, kann ich Ihnen einige zeigen. Sie sind alle wundervoll gelegen und gehen vortrefflich.

PROFESSOR: So, so ... Sie gehen gut – diese Institute?

ROCCO: Ausgezeichnet. Soll man sagen leider? Es war ein großes Bedürfnis dafür vorhanden in dieser etwas leichtlebigen Stadt. Das ist erklärlich, nicht wahr?

PROFESSOR: Sehr erklärlich. – Was meinen Sie dazu, Pastor?

PASTOR: Absolut ...

ROCCO: Wir sind allzumal Sünder. Und alles verstehen heißt alles verzeihen. Ich weiß, daß unsere Madame – *auf das Bild blickend* – sich mit diesen Gründungen ein Denkmal gesetzt hat, das noch lange in der Erinnerung verstehender Seelen fortleben wird ...

PROFESSOR: Sehr wahrscheinlich.

ROCCO: Glauben Sie mir, meine Herren, so mancher hat hier Trost und Erleichterung gefunden. Und neuen Mut ...

PASTOR: Zweifellos ...

ROCCO *sich erhebend:* Aber jetzt muß ich nach meinen Pflichten sehen ...

PROFESSOR: Nur noch eine Frage, Madame: War meine Schwester je verheiratet?

ROCCO: O nein. Das würde ihrem Beruf abträglich gewesen sein.

PROFESSOR: Was war, genau genommen, ihr Beruf?

ROCCO *droht schelmisch mit dem Finger:* Jetzt wollen Sie mich – wie sagt man bei Ihnen? – auf den Arm nehmen! *Sie lacht herzlich.*

PROFESSOR *lacht ebenfalls:* Das wäre keine häßliche Idee! *Erschrickt vor seiner eigenen Courage und faßt sich wieder:* Was ich sagen wollte: Wenn sie nicht vermögend geheiratet hat, woher hat sie das viele Geld genommen?

ROCCO: Sie war arm wie eine Kirchenmaus, als sie anfing. *Blickt mit Bewunderung auf das Bild.* Und hatte niemand, ihr zu helfen. Ganz allein machte sie ihr Vermögen mit der kleinen Gabe, die Gott ihr verliehen hatte.

PASTOR: Interessant …

ROCCO: Ich sage »kleine« Gabe, weil ich nicht glaube, daß sie talentierter war als viele andere. Aber bei niemandem war wohl das Wort, daß Genie Fleiß bedeutet, angebrachter als bei ihr. Ja, sie war fleißig, meine Herren. Sie beschämte uns jeden Tag aufs neue.

PASTOR: Erstaunlich …

PROFESSOR: Sagen Sie, Madame, hat sie … e … jemals von mir gesprochen?

ROCCO: Um die Wahrheit zu sagen, sie hat Sie mir gegenüber zum erstenmal ein paar Tage vor ihrem Tode erwähnt, als sie fühlte, daß ihr Ende nahe war.

PROFESSOR *mit schlechtem Gewissen:* Oh … und was hat sie gesagt?

ROCCO *auf das Bild blickend:* Sie lächelte mit jenem Lächeln, wie nur sie lächeln konnte, und sagte: »Ich glaube, es würde eine reizende Überraschung für meinen tugendhaften Bruder sein, wenn ich ihm eines meiner Häuser vermachte.« Und dann lächelte sie wieder, nickte leise vor sich hin und ließ den Notar kommen.

PROFESSOR: Und warum lächeln Sie jetzt, wenn ich fragen darf?

ROCCO: Darf ich nicht? Unsere gute Verstorbene pflegte zu sagen: Lachen ist die beste Medizin gegen alles Übel in der Welt.

PROFESSOR: So, so … Sie war humoristisch aufgelegt?

ROCCO: Immer. Das war das Reizende an ihr. Aber jetzt lasse ich Sie allein, damit Sie Ihre Post lesen können. Wenn Sie mich brauchen, zögern Sie bitte nicht, nach mir zu senden. *Sie lächelt beide Herren freundlich an und geht.*

PROFESSOR *guckt den Pastor an, der seinen Blick vermeidet*: Was halten Sie von der kleinen Begabung meiner Schwester, Pastor? – Was meinte sie damit?

PASTOR: Ich habe keine Ahnung.

PROFESSOR *in Gedanken*: De la Rocco! *Öffnet kopfschüttelnd den Brief und liest:*

»Mein lieber Professor, ich und die ganze Stadt beglückwünschen Sie zu Ihrer wunderbaren Erbschaft. Möge Gott Sie erleuchten, wie Sie den unverhofften Reichtum verwenden werden zum Segen Ihrer Mitbürger. – Wir sehen Ihrer Rückkehr mit großer Erwartung entgegen. Ihr sehr ergebener Bürgermeister.«

Was sagen Sie dazu! Ich habe meine Koffer noch

nicht ausgepackt, und da ist er schon, der ehren-
werte Erpresser! Mit Luftpost!

PASTOR: Sie werden jetzt viele Freunde bekommen.

PROFESSOR: »Donéc erís felíx multós numerábis
amícos, témpora sí fuerínt nubíla, sólus éris.«

PASTOR: Was heißt das?

PROFESSOR: »Solange du glücklich bist, wirst du
viele Freunde haben. Wenn die Zeiten umwölkt
sind, wirst du allein sein.« Damals haben Sie wohl
geschwänzt, Pastor?!

BELINDA *eintretend*: Sind die Herren fertig mit
Frühstück?

PROFESSOR: Ja, – Belinda.

BELINDA: Danke sehr. *Sie beginnt abzuräumen.*

PROFESSOR: Sagen Sie, Belinda.

BELINDA: Ja, Herr Professor?

PROFESSOR: Seit wie lange sind Sie in diesem
Haus?

BELINDA: Seit fünf Jahren.

PROFESSOR: Dann müssen Sie meine Schwester
sehr gut gekannt haben, nehme ich an?

BELINDA: Ihre Schwester, Herr Professor?

PROFESSOR: Ich meine die verstorbene Eigentüme-
rin dieses Hauses.

BELINDA *liebevoll das Porträt betrachtend*: Ach,
Madame? Oh, sie war wundervoll. Sie war gleich-
mäßig gut zu uns allen, wenn sie auch streng war.

PROFESSOR: Zu Ihnen allen … zu wem zum Beispiel?

BELINDA: Oh, zu den Zimmermädchen, zu den Köchinnen und zu den Pensionärinnen.

PROFESSOR: Pensionärinnen?

BELINDA: Ja, den Insassinnen.

PROFESSOR: Wie alt sind diese Pensionärinnen?

BELINDA: Zwischen siebzehn und einundzwanzig. Ältere werden nicht aufgenommen.

PROFESSOR: Und wie viele sind ihrer hier?

BELINDA: In jedem Haus sechzehn.

PASTOR *unsicher zum Professor, der ihn anguckt:* Na … das ist ganz schön …! *Zu Belinda:* Und denken Sie hierzubleiben, wenn die Leitung wechselt?

BELINDA: Wenn man mich behalten will, gerne.

PASTOR: Es ist keine zu harte Arbeit, wie?

BELINDA: O nein …, ausgenommen natürlich an Sonn- und Feiertagen. Sie wissen, wie es ist an solchen Tagen, Herr Pastor.

PASTOR *unschuldig:* Natürlich!

BRIEFTRÄGER *aus dem Patio auftretend:* Buenos Dias, Muchacha. *Gibt ihr einen Stoß Briefe und kneift sie in den Po. – Ab.*

BELINDA *eilt, die Adressen überfliegend, die Treppe hinauf. Oben klopft sie an eine Tür, während sie ruft:* Raquel!

RAQUEL *von innen:* Ja?

BELINDA: Post! *Schiebt einen Brief unter der Türe durch. Eilt zur nächsten Tür:* Josephine? Post! *Wie oben.*

JOSEPHINE *von innen:* Merci, Mademoiselle!

BELINDA *an einer anderen Tür:* Dolores? *Von innen:* Thank you! *Belinda tut wie oben:* Carmencita?

CARMENCITA *öffnet die Tür ein wenig und nimmt ihren Brief entgegen. Sie ist im Negligé. Als sie den Pastor und Professor erblickt, schließt sie mit einem kleinen Schrei die Tür.*

PROFESSOR *brüllt bei dem Anblick des wenig bekleideten Mädchens wie ein Löwe:* Mein Gott!!!!! *Er stürzt die Treppe hinauf.* Atlanta!!!!!

ATLANTA *aus dem Gang oben kommend, fertig angezogen:* Ja, Papa?

PROFESSOR *packt sie und zieht sie die Treppe hinunter:* O mein prophetisches Gemüt!

PASTOR *sprachlos:* Wo wollen Sie hin?

PROFESSOR *außer sich:* Zum Rechtsanwalt! In der Zwischenzeit können Sie über Ihre »perfekte Dame« nachdenken und ihre »noble Rache«! Wissen Sie, wo wir hier sind? *Er flüstert ihm etwas ins Ohr, worauf der Pastor in einen Sessel sinkt und sich die Stirn trocknet, während der Professor mit Atlanta hinausstürmt.*

PASTOR: Oh, mein Gott …

CARMENCITA *aus ihrem Zimmer kommend, in einem Morgenrock, den sie über ihr Negligé warf:* Um Gottes willen! Was ist geschehen? – Ist Ihnen nicht wohl? Kann ich Ihnen helfen? *Sie kommt die Treppe herunter.*

PASTOR: Oh, mein Gott …

CARMENCITA *sich mitleidig über ihn beugend:* Soll ich Ihnen ein Glas Wasser holen, Herr Pastor?

PASTOR: Nein, mein Kind … danke … Setz dich! Du armes Opferlamm …

CARMENCITA *setzt sich lächelnd zu ihm:* Wie meinen Sie, Herr Pastor?

PASTOR: Wie alt bist du?

CARMENCITA: Neunzehn.

PASTOR: Neunzehn! So jung und schon … Wie bist du in dieses Haus gekommen, mein Kind?

CARMENCITA: Oh, das war ganz leicht. Man braucht keine besondere Protektion dazu, wissen Sie?

PASTOR: Und denkst du niemals daran, hier wieder herauszukommen?

CARMENCITA: Leider dürfen wir nur hierbleiben, bis wir einundzwanzig sind. Dann haben wir genug gelernt, um auf eigenen Füßen zu stehen. Ich weiß nicht, ob Sie wissen, was ich meine, Herr Pastor?

PASTOR: Oh, ja … oh, ja … Und sonst fühlst du dich wohl hier?

CARMENCITA: Wie im Himmel.

PASTOR: Was macht ihr tagsüber?

CARMENCITA: Morgens haben wir Turnen, dann Musikstunden, dann ästhetisches Tanzen. Nachmittags spielen wir Ping-Pong oder Tennis oder gehen ins Kino. Dann haben wir Abendbrot.

PASTOR: Und dann?

CARMENCITA: Dann lesen wir noch etwas – manchmal gehen wir auch in ein Theater, wenn ein passendes Stück gegeben wird – und dann gehen wir zu Bett.

PASTOR: Und dann?

CARMENCITA: Dann schlafen wir.

PASTOR: Oh … Und das ist alles?

CARMENCITA: Das ist alles, was Madame de la Rocco uns erlaubt. Aber ich denke, es ist eine ganze Menge, nicht?

PASTOR: Was ist Madame de la Roccos Stellung in diesem Hause?

CARMENCITA: Sie ist die Vorsteherin der Stiftung.

PASTOR: Was für eine Stiftung?

CARMENCITA: Der Maria-Machado-Stiftung.

PASTOR: Maria Machado?

CARMENCITA: Ja. Eine Stiftung zum Schutz alleinstehender Mädchen, die kein Heim haben …

PASTOR: Was hat die berühmte Sängerin Maria Machado damit zu tun?

CARMENCITA *sinnend das Porträt anblickend:* Vielleicht war sie selbst einmal einsam … ohne Heim …

PASTOR *ihren Blick verfolgend:* Wer?

CARMENCITA *zu dem Bild nickend:* Sie!

PASTOR *mit offenem Mund:* Ist das Maria Machado?

CARMENCITA: Ja!

PASTOR: War das ihr Bühnenname?

CARMENCITA: Wir kennen sie nur unter diesem Namen.

PASTOR *lacht befreit laut heraus:* Kindchen, weißt du, was ich möchte?

CARMENCITA: Nein.

PASTOR: Ich möchte dich umarmen und küssen.

CARMENCITA: Warum tun Sie es nicht, Herr Pastor?

PASTOR: Warum tue ich es wirklich nicht? Komm her! *Er umarmt und küßt sie. In diesem Augenblick erscheint der Professor in der Tür und räuspert sich, Carmencita erschrickt und läuft, ziemlich verlegen, in ihr Zimmer hinauf.*

PASTOR *durchaus nicht verlegen, sondern höchst amüsiert über das Mißverständnis, freut sich darauf, dem Professor eine Lehre zu erteilen. Er geht mit stolzen Schritten im Zimmer auf und ab.*

PROFESSOR *folgt ihm sprachlos mit den Augen. Nach einer Pause:* Wie haben Sie sich unterhalten?

PASTOR: Ausgezeichnet. Ich habe gerade einen der größten Augenblicke meines Lebens durchlebt ...

PROFESSOR: Ja, das habe ich gesehen!

PASTOR: Ich habe entdeckt ...

PROFESSOR: Was immer Sie entdeckt haben mögen, Sie sollten sich schämen!

PASTOR: Ich habe entdeckt, daß nichts in dieser Welt so schmutzig ist, wie eine schmutzige Phantasie es machen kann! Oder eine zu moralische Phantasie! Wie Sie es nun nennen wollen!

PROFESSOR: Wollen Sie sich nicht etwas deutlicher ausdrücken?

PASTOR: Nicht, bevor Sie sich an etwas anlehnen, damit Sie nicht umfallen. – Wissen Sie, wer Maria Machado ist?

PROFESSOR: Natürlich. Die große Sängerin. Was ist los mit ihr?

PASTOR: Sie starb kürzlich, nicht wahr?

PROFESSOR: Ja, ich habe so etwas in der Zeitung gelesen. Na und?

PASTOR: Haben Sie jemals ein Bild von ihr gesehen?

PROFESSOR: Nein.

PASTOR *auf das Porträt zeigend:* Da ist eins!

PROFESSOR *verwirrt auf das Porträt blickend:* Das ist meine Schwester.

PASTOR: Ganz recht. Josephine Nägler. Und ihr Bühnenname war Maria Machado!

PROFESSOR *nach einer Pause sprachloser Verblüffung:* Nein?

PASTOR *triumphierend:* Ja! – Und dieses Haus, das Sie mit Ihrem überdimensionierten moralischen Feingefühl für ein …, sonst was … hielten, ist ein Heim für alleinstehende Mädchen, gegründet zu dem ausgesprochenen Zweck, die Mädchen vor dem »Heim« zu schützen, das Sie dachten, daß es sei! – Und warum hat Ihre Schwester dieses Heim gegründet? Weil sie nicht vergessen konnte, daß sie selbst einmal ein einsames Mädchen war, ausgestoßen aus ihrer Familie von ihrem Bruder, der glaubte, alle Moral in der Welt für sich gepachtet zu haben!

PROFESSOR: Brüllen Sie nicht so, wir sind hier nicht in der Kirche.

PASTOR *flüsternd:* Sehen Sie nun ein, daß ein armes Mädchen mal einen Fehltritt machen kann und doch moralisch höher stehen als die, die sie verurteilen? Fühlen Sie jetzt das große Unrecht, das Sie ihr taten, als Sie sie auf die Straße warfen in jener dunklen Nacht?

PROFESSOR: Es war Vollmond. – Und außerdem,

wenn ich sie nicht ausgestoßen hätte – wo wäre sie heute? Noch immer zu Hause!

PASTOR: Jetzt fehlt nur noch, daß Sie Ihrer Schwester Karriere sich zum Verdienst anrechnen!

PROFESSOR *bescheiden:* Nicht absolut. Ich war nur das Werkzeug in der Hand der Vorsehung.

PASTOR: Das ist die Höhe!

PROFESSOR: Wollen Sie bestreiten, daß ohne Gottes Wille kein Spatz vom Dache fällt? Nun, vielleicht hatte Gott eine Absicht, als er mir dieses »überdimensionale moralische Feingefühl« gab, über das Sie sich so aufregen!

PASTOR: Ich hoffe, daß Ihr moralisches Feingefühl nie auf die Probe gestellt wird!

PROFESSOR: Warum sind Sie eigentlich so wütend, Pastor?

PASTOR: Ihre Dickfelligkeit bringt mich zur Verzweiflung!

PROFESSOR *mit einem plötzlich wahrhaften Unterton:* Vielleicht ist sie nicht ganz echt? *Pastor starrt ihn betroffen an.* Vielleicht brauche ich ein dickes Fell gegen mein Gewissen?

PASTOR *mit Hoffnung:* Professor …!

PROFESSOR: Sie sagten einmal zu meiner Frau, ich sei ein Hypokrit …

PASTOR: Das hätte sie nicht wieder sagen sollen …

PROFESSOR: Es war gut, daß sie es tat. Wenn Sie mir nun, Pastor, den einzigen Trost nehmen, daß meine Tat vielleicht doch zu etwas gut war – woran soll der Hypokrit sich halten? ... *Er schluchzt* ... Woran soll ...? *Überwältigt birgt er sein Haupt an des Pastors Schulter.*

PASTOR *umarmt ihn stumm. Beide kämpfen mit ihrer Rührung und klopfen sich abwechselnd gegenseitig auf den Rücken. Es ist komisch. Und ein bißchen rührend:* Ich bin ein schlechter Hirte ...

PROFESSOR: Nein, das sind Sie nicht ...

PASTOR: Ja, das bin ich wohl ...

PROFESSOR: Das fehlt nun noch, daß Sie sich Vorwürfe machen ...

PASTOR *immer noch in der Umarmung:* Ich habe Sie gern, Professor, glauben Sie mir ...

PROFESSOR: Ich Sie auch, Pastor, ich Sie auch. *Er küßt ihn.*

PASTOR: Auch wenn ich Ihnen manchmal eine runterhauen möchte ...

PROFESSOR: Ich Ihnen auch ... *meistert seine Rührung.* Würden Sie mir einen Gefallen tun, Pastor?

PASTOR: Was ist es?

PROFESSOR: Würden Sie Atlanta zurückholen?

PASTOR: Wo ist sie?

PROFESSOR: Ich habe sie im Hotel Casa Habanesa

untergebracht, damit sie sicher ist. Gleich hier um die Ecke.

PASTOR: Natürlich. *Im Abgehen:* Was hat übrigens der Anwalt gesagt?

PROFESSOR: Ich hatte Glück. Er war noch nicht vom Gericht zurück. Aber er soll auf dem Wege hierher sein. - Ich werde, bis Sie wiederkommen, eine stille Andacht mit meiner Schwester halten. *Blickt zum Gemälde und schneuzt sich gerührt:* Schließlich – ist sie mein Fleisch und Blut. *Gerührt:* Pastor ... ich verzeihe ihr.

PASTOR: Rührend!

PROFESSOR: Ich sehne mich danach, ihrer lieblichen Stimme zu lauschen. *Geht zum Grammophon.*

PASTOR: Wo, sagten Sie, haben Sie Atlanta untergebracht?

PROFESSOR: Im Hotel Casa Habanesa.

PASTOR: Hoffentlich ist es ein Hotel. *Ab.*

PROFESSOR *hat eine Grammophonplatte herausgesucht:* Eine Platte von ihr! *Er legt sie auf, stellt die Maschine an und lauscht. Maria Machado singt für ihren tugendhaften Bruder. Es ist die Lacharie aus der Fledermaus. Bei der Stelle:* »Drum verzeihn Sie, hahaha, wenn ich lache, hahaha ...« *klingelt es. Der Professor stellt die Maschine ab. Maria Machados Stimme erstirbt gerade vor dem großen Lachen.*

BELINDA *den Anwalt eintreten lassend:* Der Herr

Professor erwartet Sie schon. Zum *Professor:* Der Anwalt, Herr Professor. *Ab.*

ANWALT *älterer Herr, mit grauen Schläfen und Brille, überbeschäftigt, nervös. Er ist in solcher Eile, daß er Fragen beantwortet, ehe sie gestellt sind.* Danke gut, Ihnen auch, das ist fein. Professor Traugott Hermann Nägler? *Reicht ihm die Hand und zieht sie weg, ehe der Professor sie ergreifen kann.*

PROFESSOR: Der bin ich. Freue mich, Ihre Bekanntschaft zu machen, Herr Perino.

ANWALT: Cortez.

PROFESSOR: Bitte?

ANWALT: Ich heiße Cortez ...

PROFESSOR: Ich erwartete die Herren Perino, Perino und Perino!

ANWALT: Sind tot. Alle drei. Seit fünf Jahren. Richtig, ich bin ihr Nachfolger. Ist Ihre Tochter Atlanta hier? Warum nicht? Nein, wir brauchen sie heute noch nicht. Aber morgen zur Unterschrift dürfen Sie sie nicht vergessen mitzubringen. *Setzt sich auf das Rundsofa und fischt ein Aktenstück aus seiner Mappe.* Hier ist das Testament. Keine Angst. Nur die letzten Seiten brauchen Sie zu lesen. Alles andere betrifft Stiftungen für junge Dinger und so weiter ... Sie wissen, als sie selbst ein junges Ding war, passierte ihr verschiedenes und so weiter, und irgendein verblödeter Verwandter warf sie auf die Straße … ich weiß nicht, ob Sie wissen, wer es war?

PROFESSOR: Wissen Sie es?

ANWALT: Bewahre. Ich will es auch nicht wissen. - jedenfalls verplemperte sie einen Haufen Geld für solche Stiftungen. *Im Testament suchend. Ah, hier ist es, wo Sie drankommen oder vielmehr Ihre Tochter. Liest:* »Haus und Grundstück 1351, Casa Colorado vermache ich mit allen Rechten und Pflichten meiner Nichte Atlanta Nägler.« Aus. –

PROFESSOR: Wieviel glauben Sie, ist es wert?

ANWALT: Zweihunderttausend Pesos.

PROFESSOR: Wieviel ist das in Mark?

ANWALT: Ich weiß nicht. Etwa fünfzigtausend Dollar.

PROFESSOR: Es ist ein Traum!

ANWALT: Träumen Sie weiter, Professor, bis Ihre Tochter großjährig ist. Erst dann kann sie es verkaufen.

PROFESSOR: Und was macht sie bis dahin? Das arme Ding?

ANWALT: Was sie bisher gemacht hat, das arme Ding!

PROFESSOR: Sarkastisch, Herr Perino?

ANWALT: Cortez. Nein, aber ich halte es für ein angenehmes Gefühl zu wissen, daß man in vier

Jahren etwas hat, an das man sich halten kann
...

PROFESSOR: Zweifellos ... nur ... wenn ich sagen
darf ... ein wenig Bargeld, gleich jetzt, hätte niemand geschadet.

ANWALT: Oh, Bargeld. ... da ist eine kleine Klausel ... aber ich glaube kaum, daß es Sie interessieren dürfte.

PROFESSOR: Jetzt übertreiben Sie, Herr Cortez. Wo
steht etwas von Bargeld?

ANWALT: Hier steht etwas von Bargeld. *Liest:*
»Den Rest meines Vermögens, eine Million fünfhunderttausend Pesos ...

PROFESSOR: Das sind siebenhundertfünfzigtausend
Dollar ...?

ANWALT: Ja, ja – *weiterlesend:* – in bar vermache
ich, eingedenk meiner eigenen Tragödie, dem Asyl
für Mütter unehelicher Kinder ...

PROFESSOR: Mahlzeit!

ANWALT: Bitte?

PROFESSOR: Das ist das Ende!

ANWALT: Nein, noch nicht. *Liest weiter:* »Sollte
jedoch eine Tragödie wie die meine sich wieder-
holen am trauten Herde meines tugendhaften
Bruders, Professor Doktor Traugott Hermann
Nägler, dann natürlich fließt obengenannte
Summe von einer Million fünfhunderttausend
Pesos dem Opfer einer solchen Katastrophe,

nämlich der Mutter des unehelichen Kindes, zu.«

PROFESSOR *nach einer Pause:* Bitte, lesen Sie das nochmal!

ANWALT *liest nochmals:* »Sollte jedoch eine Tragödie wie die meine sich wiederholen am trauten Herde meines tugendhaften Bruders, Professor Doktor Traugott Hermann Nägler, dann natürlich fließt obengenannte Summe von einer Million fünfhunderttausend Pesos dem Opfer einer solchen Katastrophe, nämlich der Mutter des unehelichen Kindes, zu. Diese Bestimmung ist begrenzt und läuft ab am und mit dem zweiundzwanzigsten Juli nächsten Jahres um Mitternacht.«

PROFESSOR: Wann läuft sie ab?

ANWALT: Am zweiundzwanzigsten Juli nächsten Jahres.

PROFESSOR: Das wäre Atlantas siebzehnter Geburtstag.

ANWALT: War Ihre Schwester nicht auch gerade siebzehn Jahre, als ihr das passierte?

PROFESSOR: Ja. *Er blickt unentwegt mit verhaltener Wut auf das Bild.*

ANWALT: Hm. *Weiterlesend:* »Daß dieses Testament bei voller geistiger Frische -«

PROFESSOR: Worauf Sie sich verlassen können.

ANWALT: »- verfaßt und aufgesetzt wurde, bezeugen und bescheinigen ...« Und so weiter. *Klappt das Testament zu.* Ich finde das sehr nobel von Ihrem Fräulein Schwester!

PROFESSOR: Sehr nobel! – Mit anderen Worten: Falls Atlanta.

ANWALT: Es muß nicht Atlanta sein.

PROFESSOR: Meine nächste Tochter ist zwölf! Sie dürfte bis zum 22. Juli nächsten Jahres nicht viel Chancen haben!

ANWALT: Kaum.

PROFESSOR: Falls also Atlanta ...

ANWALT: Richtig! Dann kriegt sie das Geld.

PROFESSOR: Und falls nicht ... ?

ANWALT: Dann nicht. Einfach!

PROFESSOR: Sehr einfach! Kein Kind – kein Geld!

ANWALT: So ist es. Es war wohl die Intention der teueren Verstorbenen, im Notfall beizustehen.

PROFESSOR *auf das Porträt sehend:* Ich glaube die Intentionen der teueren Verstorbenen zu kennen.

ANWALT: Zweifellos. Sie war ja Ihre Schwester. Also morgen in meinem Bureau mit Ihrer Tochter. Um fünf? Ausgezeichnet. Und herzlichen Glückwunsch. *Geht zur Tür.*

PROFESSOR: Einen Augenblick. Die ganze Sache ist streng vertraulich, nicht wahr?

ANWALT: Streng vertraulich. *In der Tür:* Und vergessen Sie nicht: Das Wurm muß unehelich sein, natürlich! *Ab.*

PROFESSOR *in Gedanken:* Natürlich! *Erschrickt.* Ohhhh! *Er geht grimmig zum Porträt und sieht seiner Schwester ins treue Auge. Plötzlich wütend:* Lächle nicht! *Er geht wütend im Zimmer umher, dann kehrt er zu dem Bild zurück, und bei jedem Wort mit der Faust auf das Grammophon schlagend, schwört er:* Niemals ... niemals ... niemals! *Die Erschütterung setzt die Maschine wieder in Gang. Die Platte fährt da fort, wo sie aufgehört hat. Das gigantische, triumphierende Lachen seiner toten Schwester tönt dem Professor ins Gesicht:* Hahahahahahahahahahahahahahahahahahahahahaha ... *Wie von Furien gejagt, stürzt der Professor davon.*

VORHANG

DRITTER AKT

Derselbe Raum. Einige Stunden später. Der Pastor sitzt am Tischchen und legt Patiencen.

ATLANTA *erscheint auf der Galerie:* Herr Pastor?

PASTOR: Ja, mein Kind?

ATLANTA: Kann ich Sie einen Augenblick sprechen?

PASTOR: Natürlich.

ATLANTA: Aber ich möchte Sie nicht stören, wenn Sie beschäftigt sind.

PASTOR: Durchaus nicht. Komm her, kiebitze mir und bring mir Glück.

ATLANTA *setzt sich zu ihm:* Patience?

PASTOR: Ja.

ATLANTA: Um was geht es denn?

PASTOR: Ob unsere Reise Erfolg haben wird. Und sie scheint aufzugehen.

ATLANTA: Fein …

PASTOR: Nun?? Was ist dein Problem? Glaubst du, Herzen könnten damit etwas zu tun haben?

ATLANTA: Woher wissen Sie?

PASTOR: »Die Karten lügen nie«, heißt es in Carmen. – Vielleicht erzählst du mir ein bißchen mehr davon?

ATLANTA: Sie erinnern sich an Herbert?

PASTOR: Sicher. Hast du einen Brief von ihm?

ATLANTA: Mehr als das. Er ist hier.

PASTOR: Hier?

ATLANTA: Ja.

PASTOR: Ist er hergeflogen?

ATLANTA: Er kam mit dem Schiff! Er ist mit demselben Schiff gekommen, mit dem wir gekommen sind.

PASTOR: Davon hatte ich doch keine Ahnung.

ATLANTA: Ich auch nicht. Er hielt sich versteckt.

PASTOR: Und wo hast du ihn hier getroffen?

ATLANTA: In dem Hotel, in das Vater mich gebracht hatte.

PASTOR: Wie reizend ... ich meine ... warum ist er mit demselben Schiff gekommen?

ATLANTA: Er wurde plötzlich von einer fürchterlichen Angst gepackt, daß er mich verlieren könnte, wenn ich ein reiches Mädchen würde. Und deshalb wollte er vorher um meine Hand anhalten.

PASTOR: Und warum hat er es nicht getan? Auf dem Schiff, meine ich?

ATLANTA: Er wollte. Aber immer, wenn er Papi von weitem sah, verlor er den Mut.

PASTOR: Das kann ich ihm nachfühlen.

ATLANTA: Was sollen wir tun. Sie müssen uns helfen, Pastor.

PASTOR: Hm! – Wir könnten zu Papi gehen und ihm die Wahrheit sagen … na, lieber nicht!

ATLANTA: Ich fürchte mich davor. Papi ist augenblicklich in einer so nervösen Verfassung. Sooft ich in sein Zimmer komme, ist er über Papiere gebeugt und rechnet Pesos in Dollar und Dollar in Mark um. Und wenn er mich sieht, erschrickt er, als hätte er ein schlechtes Gewissen. Vorhin sprach er in seinem Nachmittagsschlaf.

PASTOR: Was hat er gesagt?

ATLANTA: Er sagte: »Niemals, niemals, niemals!«

PASTOR: Seltsam!

ATLANTA: Und dann zählte er an seinen Fingern: »September … Oktober … November … Dezember …«

PASTOR: Merkwürdig.

ATLANTA: Und dann brüllte er plötzlich: »Bei voller geistiger Frische! Haha! Verfluchte Bestie!« *Sie hat das so gut nachgemacht, daß der Pastor erschrickt.*

PASTOR: Mein Gott! – Das klingt ja wie Delirium!

ATLANTA: Wenn ich nur wüßte, was in ihn gefahren ist. Vielleicht hängt es mit dem Testament zusammen?

PASTOR: Ich habe keine Ahnung. Er erwähnt es mit keiner Silbe.

ATLANTA: Zu mir auch nicht.

PASTOR: Geh, mein Kind, ich höre ihn kommen. Ich will sehen, was ich aus ihm rauskriegen kann.

ATLANTA: Ach ja, lieber Herr Pastor. Wenn Sie wenigstens erreichen könnten, daß er Herbert nicht rausschmeißt, sobald er ihn sieht.

PASTOR: Verlaß dich auf mich.

ATLANTA: Danke, Herr Pastor. *Sie küßt ihn auf die Wange und läuft hinaus.*

PROFESSOR *erscheint gedankenschwer auf der Galerie*: Kann ich Sie einen Augenblick sprechen, Pastor?

PASTOR: Sie kommen gerade recht. Ich habe eine Überraschung für Sie.

PROFESSOR: Genug Überraschungen für mich für heute! *Kommt näher*. Patiencen legen! Das habe ich gern! Während ich mich herumärgere mit Dokumenten und Rechtsanwälten und dergleichen, legen Sie Patiencen!

PASTOR: Ja, ja, wo Geld ist, da sind Sorgen!

PROFESSOR: Quatschen Sie nicht. Wo kein Geld ist, sind erst recht Sorgen! Hier ist kein Geld!

PASTOR: Wie?

PROFESSOR: Wenigstens bis jetzt noch nicht …

PASTOR: Irgendwo muß was nicht stimmen …

PROFESSOR: Worauf Sie sich verlassen können
...

PASTOR: Ich meine hier in der Patience. Lassen Sie
sehen: Die schwarze Neun geht unter die rote
Zehn, die rote Zehn geht unter den schwarzen Bu-
ben, und der schwarze Bube geht unter die rote
Dame ...

PROFESSOR: Wie gemütlich! – Sind Sie denn gar
nicht ein bißchen interessiert, was mit dem Testament los ist?

PASTOR: Sie haben mir nichts erzählt, und so habe
ich nicht gefragt.

PROFESSOR: Ich will aber, daß Sie mich fragen.

PASTOR: Was ist los damit?

PROFESSOR: Erst möchte ich Ihnen den Brief vor-
lesen, den meine Frau mir geschrieben hat, *setzt
sich* – damit Sie leichter in Stimmung kommen!
Lesend: »Mein lieber Männe, gestern hat mich
der Rektor der Universität auf offener Straße
auf beide Backen geküßt! Ich bin fast in Ohnmacht gefallen! Die Nachricht von unserer Erbschaft hat sich wie ein Lauffeuer herumgespro-
chen. Ich habe nie gewußt, wie viele reizende,
aufmerksame Freunde wir in unserer kleinen
Stadt haben. O mein lieber Traugott, was ist das
für ein unsagbar glückliches Gefühl, reich zu
sein oder wohlhabend oder nur nicht mehr so
schrecklich arm! Ach, wenn nur nichts dazwi-

schenkommt! Bei diesem Gedanken bleibt mir das Herz stehen. Ich will ja nichts für mich haben, nur für die Kinder und für Dich, damit Du nicht mehr so viel buckeln mußt! Also sei nicht bockbeinig, mein lieber Männe, denke bei allem, was Du tust, daß Du es für die Kinder tust, daß Du ihnen gegenüber eine Verantwortung hast, der gegen- über … – *mißbilligend den Kopf schüttelnd* – zweimal ›gegenüber‹!! … *Weiterlesend:* … der gegenüber Dein persönlicher Stolz oder Trotz oder wie Du es nennen willst zu schweigen hat. Wie genießt unsere süße Erstgeborene die Reise? Küsse sie tausendmal von mir. Auch den guten Pastor, der Dir sicherlich mit Rat und Tat beiste- hen wird … *Zum Pastor:* Mit Patiencelegen! … Ich sitze hier mit meinen anderen elf Küken, und wir warten alle zwölf fieberhaft auf gute Nach- richten. Ich umarme und küsse Dich, Deine ›rei- che‹ Marianne.«

PASTOR: Rührend!

PROFESSOR: Sehr!

PASTOR: Nun und?

PROFESSOR: Und was?

PASTOR: Was ist nun mit dem Testament?

PROFESSOR: Sitzen Sie, Pastor? Ich werde es Ihnen lieber erst in Form einer Fabel beibringen.

PASTOR: Nun bin ich aber neugierig.

PROFESSOR: Nehmen Sie an, Sie seien ein Hirte …

Sie sind einer, ich weiß es! Aber ich meine ein richtiger Hirte mit richtigen Schafen. Ihre Herde ist nur klein ..., sagen wir zwölf Schafe ... aber Sie lieben jedes einzelne Schäfchen mit der Liebe eines Vaters. Ihre Weidegründe sind sehr mager ... sie reichen kaum aus, den dringendsten Hunger zu stillen. Kein Extragrashälmchen weit und breit ...

PASTOR: Wie traurig!

PROFESSOR: Was sagen Sie?

PASTOR: Ich sage: wie traurig!

PROFESSOR: Kein Extrahälmchen weit und breit! Da, in der tiefen Not ... wer glauben Sie, klopft an die Tür?

PASTOR: Die gute Fee.

PROFESSOR: Einen Dreck! Der böse Wolf! Und er spricht zu Ihnen: »Laß mich eines deiner Schäfchen haben, und ich will dich zu neuen Weiden und Wiesen führen, wie du reichere und schönere nie gesehen hast, und wo du mit deinen anderen elf Schäfchen grasen und spaßen kannst nach Herzenslust.« Was würde Ihre Antwort sein?

PASTOR: »Hebe dich hinweg von mir, Satan!«

PROFESSOR: Ist das endgültig?

PASTOR: Ja.

PROFESSOR: Und Sie würden die anderen elf verhungern lassen! Ein feiner Hirte, das muß ich sagen! Haben Sie keine Angst vor Alpdrücken? Und wenn Ihnen die elf Schäfchen im Traum erscheinen, auf Ihrer Brust sitzen und fragen: »Was hast du getan mit unseren grünen Weiden? Wo sind sie?« – Was würden Sie antworten?

PASTOR: »Geht von meiner Brust, ihr Schäfchen«, würde ich antworten, »ich habe zu handeln, wie mein Gewissen es mir befiehlt.

PROFESSOR: Und wenn darauf die Schäfchen meckern: »Wir können uns nicht satt essen an deinem Gewissen! Wir können uns nicht nähren von deinen Bedenken. Ein Hirte hat für seine Schäfchen zu sorgen! Ein Hirte hat klüger zu sein als seine Schäfchen! Ein Hirte hat weise, hat voraussehend zu sein!« – ? – Was würden Sie antworten?

PASTOR: Aber Sie können doch nicht eines Ihrer Schäfchen dem Wolf zum Fraß hinwerfen!

PROFESSOR: Wer will's denn fressen!

PASTOR: Der Wolf!

PROFESSOR: Keine Ahnung!

PASTOR: Was will er denn?

PROFESSOR: Spielen!

PASTOR *beruhigt*: Ach sooo!

PROFESSOR: Jaaaaa!

PASTOR: Dann ist es also kein böser Wolf?

PROFESSOR: Nicht unbedingt.

PASTOR: Dann möchte ich meine Antwort dahin

formulieren: Ich möchte den Wolf erst mal sehen!

PROFESSOR *seufzend*: Ich auch. *Herbert Kraft tritt ein.*

PASTOR: Da ist er!

PROFESSOR: Wer?

PASTOR: Herbert. Ich sagte Ihnen doch, ich hätte eine Überraschung für Sie!

PROFESSOR *sprachlos*: Herbert Wolf!

HERBERT: Kraft ... entschuldigen Sie ... ich hoffe, der Herr Pastor war so freundlich, mit Ihnen zu sprechen, Herr Professor ...

PROFESSOR: Keine Silbe.

PASTOR: Ich wollte gerade.

PROFESSOR: Sie wollten uns gerade verlassen, Pastor?

PASTOR: Nicht, wenn ich irgendwie von Nutzen sein kann?

PROFESSOR: Nein, das können Sie nicht!

PASTOR: Adieu! ... *Leise zu Herbert:* Gott helfe Ihnen, Herbert! *Ab.*

PROFESSOR *sieht Herbert prüfend an. Er geht um ihn herum wie ein Raubvogel um seine Beute. Dem guten Herbert bricht bereits der Schweiß aus:* Ist das nicht eine kleine Welt! Der letzte Mann, den ich beim Abschied sah, waren Sie, und der erste, den ich hier in Montevideo wiedersehe, sind wieder Sie!

HERBERT: Das ist sehr sonderbar, in der Tat …

PROFESSOR: In der Tat! Und wie erklären Sie sich das, mein lieber junger Freund?

HERBERT: Ich … Es …

PROFESSOR: Stottern Sie nicht. Sprechen Sie ruhig. Holen Sie tief Atem und antworten Sie nur, wenn Sie gefragt werden. – Wie geht es meiner Familie?

HERBERT: Ich hoffe gut, Herr Professor.

PROFESSOR: Wieso hoffen Sie? Warum wissen Sie nicht?

HERBERT: Ich habe Ihre werte Familie ebensolange nicht gesehen wie Sie, Herr Professor. Ich bin mit demselben Schiff gefahren, mit dem Sie gekommen sind, Herr Professor!

PROFESSOR *schmunzelnd:* Ei, nun sieh einmal an! Und wie ist nun dieses Phänomen zu erklären, Herr Kraft? Ich nehme an, daß die Sehnsucht nach mir Ihnen keine Ruhe ließ!? *Sein verschmitztes Lächeln ermuntert Herbert ein bißchen.*

HERBERT: Das ist absolut richtig, Herr Professor. Die Sehnsucht, mit Ihnen zu sprechen …

PROFESSOR *schmunzelnd:* Und über wen denn wohl, mein lieber junger Freund?

HERBERT: Herr Professor, ich könnte Sie für Ihr ermunterndes Lächeln umarmen …

PROFESSOR: Mich? *Er droht ihm lachend mit dem*

Finger, was Herbert völlig außer Rand und Band bringt.

HERBERT *all seinen Mut zusammennehmend:* Herr Professor, ich möchte mir die Freiheit nehmen, Sie um die Ehre Ihrer Tochter zu bitten.

PROFESSOR: Wie bitte?

HERBERT: Mir die Ehre nehmen, Sie um die Hand Ihrer Tochter zu be – freien ...

PROFESSOR: Jetzt sagen Sie den Satz noch einmal!

HERBERT *gibt auf.* Herr Professor, Sie wissen schon, was ich meine!

PROFESSOR: Ungefähr wenigstens. – Haben Sie ein Taschentuch bei sich?

HERBERT: Jawohl ... *Er sucht in seinen Taschen.* Zu Hause.

PROFESSOR: Zu Hause hatten Sie es noch!

HERBERT: Ganz bestimmt, Herr Professor.

PROFESSOR: Dort steckt es! *Deutet auf Herberts äußere Jackettasche, wo es ja auch hingehört.*

HERBERT: Oh, danke. *Nimmt es.*

PROFESSOR: Tupfen Sie sich den Schweiß von der Stirn!

HERBERT: Jawohl, Herr Professor. *Tut es.*

PROFESSOR: Und setzen Sie sich.

HERBERT: Danke, Herr Professor. *Er setzt sich.*

PROFESSOR *auf und ab gehend:* Also, Sie wollen meine Tochter heiraten ...

HERBERT *sich wieder erhebend:* Jawohl, Herr Professor.

PROFESSOR: Setzen!

HERBERT *setzt sich:* Atlanta, um es genau zu sagen … um es präzis auszudrücken …

PROFESSOR: Ihre Akkuratesse gefällt mir. Wie alt sind Sie?

PASTOR: Ich werde nächstes Jahr achtundzwanzig.

PROFESSOR: Ich habe Sie nicht gefragt, wie alt Sie nächstes Jahr werden. Wie alt sind Sie jetzt?

HERBERT: Siebenundzwanzig.

PROFESSOR: Was ist Ihr Beruf?

HERBERT: Ich bin Ingenieur, in der Fabrik meines Vaters. Zweizylindrige Motoren.

PROFESSOR: Wieviel gibt er Ihnen?

HERBERT: Fünfunddreißig Mark die Woche.

PROFESSOR: Hm! Dabei kugelt er sich auch nicht den Arm aus, der alte Knickstiefel, wie? Hahahahahahaha!

HERBERT: Hohohohohohohohohoho! Herrn Professors Humor sind zu goldig. … zu goldig …

PROFESSOR: Ich halte es auch in meinen Unterrichtsstunden so, die Knaben hin und wieder durch kleine Scherze zu erfreuen. Das erfrischt!

HERBERT: Das ist absolut richtig, Herr Professor, absolut richtig!

PROFESSOR: Ja, – wo waren wir stehengeblieben?

HERBERT: Bei 35 Mark die Woche.

PROFESSOR: Und Sie glauben, das genügt, um ein liebendes Weib zu ernähren?

HERBERT: Ich bekomme später die Fabrik meines Vaters.

PROFESSOR: Bis dahin können Sie ja mit der Ernährung unmöglich warten! – Wann bekommen Sie die Fabrik Ihres Vaters?

HERBERT: Nach meines Vaters Tode.

PROFESSOR: Wann ist das? – Oh … ich meine, also doch hoffentlich noch recht lange nicht … Und womit wollen Sie bis dahin die jungen Schnäbelchen füttern?

HERBERT: Die jungen … Oh, Herr Professor … wir dachten nicht, gleich sofort … e … Schnäbelchen zu haben.

PROFESSOR: Warum nicht?

HERBERT: Bitte?

PROFESSOR: Ich fragte: Warum nicht? Ich liebe Kinder. Ich hoffe, eine Menge Enkelkinder zu haben …

HERBERT: Ganz wie Sie wünschen, Herr Professor …

PROFESSOR: Und je früher, desto besser … ich meine … jawohl … je früher, desto besser!

HERBERT: Das liegt absolut auf der Linie meiner

Intentionen, Herr Professor, absolut auf der Linie meiner Intentionen.

PROFESSOR: Das freut mich. Aber es genügt, wenn Sie von jetzt ab jeden Satz nur einmal sagen.

HERBERT: Jawohl, Herr Professor. – Darf ich also damit rechnen, daß Sie mir Atlanta geben?

PROFESSOR: Langsam, Freundchen. Lassen Sie uns noch einmal rekapitulieren. Wir wissen, daß Sie Atlanta lieben. – Ist das richtig?

HERBERT: Jawohl, Herr Professor …

PROFESSOR: Und Atlanta liebt Sie? Sind Sie dessen gewiß?

HERBERT *mit Emphase:* Ganz gewiß!

PROFESSOR *listig:* Was macht Sie so sicher?

HERBERT: Ich weiß es.

PROFESSOR: Habt ihr beide euch auf dem Schiff gesehen?

HERBERT: Nein, Herr Professor.

PROFESSOR: Nicht ein einziges Mal?

HERBERT: Nein, Herr Professor.

PROFESSOR: Warum nicht?

HERBERT: Bitte?

PROFESSOR: Ich sagte: Warum nicht?

HERBERT: Atlanta wußte nicht, daß ich auf dem Schiff war.

PROFESSOR: Und Sie?

HERBERT: Ich traute mich nicht.

PROFESSOR: Hm! – Und wo habt ihr euch hier getroffen?

HERBERT: In meinem Hotel.

PROFESSOR: Unerhört. Wie kam sie in Ihr Hotel?

HERBERT: Sie haben sie dort abgesetzt. Im Casa Habanesa.

PROFESSOR *geht um ihn herum und mustert ihn eindringlichst:* Oh ... Und? ... Was geschah nun?

HERBERT: Nichts, Herr Professor.

PROFESSOR: Gar nichts?

HERBERT: Nein.

PROFESSOR *sehr enttäuscht versucht er es wieder und beginnt von vorn:* Oh! ... Also ihr liebt euch, das steht fest.

HERBERT: Jawohl, Herr Professor.

PROFESSOR: Aber ... Sie haben kein Geld ...

HERBERT *kleinlaut:* Nein, Herr Professor ... Wenigstens noch nicht im Augenblick ...

PROFESSOR: Die Sache sähe natürlich sofort anders aus, wenn Atlanta eine kleine Klausel hätte ... ein kleines Vermögen, wollte ich sagen ...

HERBERT: Natürlich ...

PROFESSOR: Das würde Sie nicht weiter stören, wie?

HERBERT: Nein, Herr Professor.

PROFESSOR: Das glaube ich. Aber leider hat sie keins ...

HERBERT: Sie sehen keinen Ausweg. Herr Professor?

PROFESSOR: Es scheint mir alles eine Sache der Reihenfolge zu sein. *In Gedanken:* Nehmen Sie einmal an, Sie gehen mit mir essen.

HERBERT: Ich könnte jetzt keinen Bissen herunterkriegen, Herr Professor.

PROFESSOR: Sie sollen es annehmen. Ich will Ihnen ein Gleichnis geben ...

HERBERT: Oh, ein Gleichnis ...

PROFESSOR: Nehmen Sie an, Sie äßen eine Mahlzeit, bestehend aus Suppe, Fleisch und Süßspeise. Wiederholen Sie.

HERBERT: Ich esse eine Mahlzeit, bestehend aus Suppe, Fleisch und Mehlspeise.

PROFESSOR: Süßspeise!

HERBERT: Süßspeise.

PROFESSOR: Und zwar essen Sie die Mahlzeit in der orthodoxen Reihenfolge: Suppe, Fleisch und Süßspeise. Was haben Sie dann in Ihrem Magen?

HERBERT: Suppe, Fleisch und Süßspeise.

PROFESSOR: Ausgezeichnet! Nun machen wir es umgekehrt: Sie essen erst die Süßspeise, dann das Fleisch und dann die Suppe. Was haben Sie dann in Ihrem Magen?

HERBERT: Dieselben Dinge ...

PROFESSOR *mit Emphase:* Dieselben Dinge!! Das

ist absolut korrekt!! Es ist überhaupt kein Unterschied, wie?

HERBERT: Gar keiner.

PROFESSOR: Absolut keiner! Und es geht keinen was an. Schließlich können Sie mit Ihrem Magen machen, was Sie wollen, es ist Ihr Magen!

HERBERT: Absolut, Herr Professor.

PROFESSOR: Absolut. Wenn also nun jemand käme – ein Arzt oder ein Hellseher meinetwegen, der Ihnen raten würde, daß es heilsamer für Sie wäre, Ihre Mahlzeit einmal andersrum zu essen ... Was würden Sie antworten?

HERBERT: Ich würde nicht anstehen, die Süßspeise zuerst zu essen.

PROFESSOR *beglückt*: Sie würden nicht anstehen! Selbstverständlich nicht! Es würde ja auch niemand einen Schaden davon haben!

HERBERT: Nein, Herr Professor.

PROFESSOR: Natürlich wäre es eine Gemeinheit, die Süßspeise zu kosten und dann die Suppe nicht zu heiraten ... zu essen, meine ich ... aber solange Sie entschlossen sind, die ganze Speisekarte sowieso runterzuwürgen ... Sie verstehen mich?

HERBERT: Nein, Herr Professor.

PROFESSOR: Sie verstehen mich nicht?

HERBERT: Ich gebe mir die größte Mühe, Ihnen

zu folgen, Herr Professor, aber ich verstehe Sie nicht.

PROFESSOR: Hm! – Das scheint heute kein glücklicher Tag für Fabeln zu sein! Ich stehe nicht an zu erklären, mein lieber Freund ... *Plötzlich wird es ihm klar, was er im Begriff war zu tun. Er erschrickt.* Mein Gott, wo bin ich hingeraten. *Er nähert sich Herbert.* Mein junger Freund, wollen Sie mir einen Gefallen tun?

HERBERT: Gern, Herr Professor.

PROFESSOR: Geben Sie mir Ihr Ehrenwort, daß Sie tun werden, was ich von Ihnen verlange?

HERBERT: Jawohl, Herr Professor.

PROFESSOR: Was immer es sei?

HERBERT: Jawohl, Herr Professor.

PROFESSOR: Stellen Sie sich vor mich hin.

HERBERT: Jawohl, Herr Professor.

PROFESSOR: Hauen Sie mir eine runter.

HERBERT: Herr Prof ...

PROFESSOR: Ich habe Ihr Ehrenwort.

HERBERT: Das kann ich nicht ...

PROFESSOR: Auch nicht für Atlanta?

HERBERT: Herr Prof ...

PROFESSOR: Machen Sie die Augen zu und hauen Sie mir eine runter! *Herbert macht die Augen zu und klebt dem Professor eine.* So! – Und nun werde ich Ihre Werbung in wohlwollende Erwägung ziehen! In sehr wohlwollende! *Und er läßt den*

*völlig verglasten Herbert stehen. Er wendet sich
zum Gehen und bemerkt den Pastor, der aus dem
Patio kommend die Ohrfeige gerade noch sah
und dessen Kinn vor Staunen herabgefallen ist.
Der Professor muß an ihm vorbei und – im Vor-
beigehen – faßt er den Pastor mit der flachen
Hand unter das herabgefallene Kinn, klappt es
hörbar in seine normale Lage zurück. Stolz, im
Gefühl seiner wiedergewonnenen Würde, geht er
die Treppe hinauf.*

VORHANG

VIERTER AKT

Dekoration wie im ersten Akt. Girlanden und Blumen erzählen von der Heimkehr des Professors.
Es ist am nächsten Morgen. Die Kinder sind schon zur Schule geschickt. Martha deckt den Frühstückstisch, soweit die ewigen Telefonanrufe ihr Zeit lassen.
Das Telefon läutet wieder.

MARTHA *am Telefon:* Ja, gestern abend. Nein, er schläft noch. Die Frau Professor ist zur Blue Star Line gefahren, die Schiffskarten für das junge Pärchen zu besorgen. Schläft auch noch! Nein, wir wissen noch nicht, wieviel es ist. Der Professor war so müde. Danke. Ich werde es ausrichten. Ja, ganz bestimmt. *Hängt an und notiert den Namen. Draußen fällt eine Tür ins Schloß. Mutters Stimme: Martha, Martha!*

MUTTER *in Hut und Mantel von der Straße kommend:* Martha, da bist du ja! Sind die Kinder schon fort?

MARTHA: Ja, gnädige Frau.

MUTTER: Ist mein Mann schon auf?

MARTHA: Nein, gnädige Frau.

MUTTER *während sie ablegt:* Wieviel sind sieben-undzwanzig Zentimeter?

MARTHA: Ungefähr ein Viertelmeter, gnädige Frau.

MUTTER: Ein Viertelmeter! Kannst du dir denken, daß man wegen eines Viertelmeters … *sieht die Notizen am Telefonblock.* Was ist das?

MARTHA: Die Anrufe. Der Herr Bürgermeister, die Frau Bürgermeister, der Herr Universitätsrektor, die Frau Universitätsrektor, der Herr Apotheker …

MUTTER: Die Frau Apotheker … Schon gut … Siebenundzwanzig Zentimeter! … Ist der Pastor noch nicht da?

MARTHA: Noch nicht, gnädige Frau.

MUTTER: Atlanta schläft noch?

MARTHA: Ich glaube. Aber den Herrn Professor habe ich schon brausen hören. – Darf man gratulieren, gnädige Frau?

MUTTER: Wozu?

MARTHA: Zu der Erbschaft?

MUTTER: Kind, ich weiß noch gar nichts. Mein Mann war gestern abend so müde!

MARTHA: In der Stadt spricht man von einer Million.

MUTTER: Eine halbe wird's auch tun.

MARTHA: Es wäre aber doch sehr schön, gnädige Frau.

MUTTER: Zehntausend Mark wären auch sehr schön, Martha!

MARTHA: Natürlich, gnädige Frau. Man soll nicht unbescheiden sein.

MUTTER: Siebenundzwanzig Zentimeter!

MARTHA: Wie meinen gnädige Frau?

MUTTER: Seit wann nennst du mich »gnädige Frau«? Ich bin und bleibe Frau Nägler.

MARTHA: Ja, gnädige Frau Nägler.

MUTTER: Martha, was würdest du dir denn wünschen, wenn … ich meine: für den Fall, daß …

MARTHA: Oh, gnädige Frau … *Es klingelt.*

MUTTER: Denk dir was Schönes aus.

MARTHA *zur Tür gehend:* Danke, gnädige Frau. *Ab.*

PASTOR *eintretend:* Einen schönen guten Morgen, Frau Marianne!

MUTTER: Pastor! Da sind Sie ja! Nun lassen Sie sich mal ansehen. Gestern abend war ja ein solches Durcheinander! Gut sehen Sie aus! Setzen Sie sich. Erzählen Sie! Wie war es? Was haben wir geerbt? Ist alles in Ordnung?

PASTOR: Das wollte ich von Ihnen erfahren. Hat Ihnen unser Odysseus nichts erzählt?

MUTTER: Der war ja so müde! Er sagte nur ganz schnell »Bona Nutte«. – Spanisch, Pastor, spanisch, und schlief nach zwei Minuten. Nur daß Atlanta das Haus geerbt hat, hat er erwähnt. Aber es schien da noch etwas anderes zu sein, mit dem er nicht mit der Sprache heraus wollte. Was ist es, Pastor?

PASTOR: Ich habe keine Ahnung. Er hütet das Testament wie ein Drache. Aber ich nehme an und hoffe, daß da noch etwas Bargeld vorhanden ist.

MUTTER: Gott gebe es! ... Siebenundzwanzig Zentimeter!

PASTOR: Bitte?

MUTTER: Wieviel sind siebenundzwanzig Zentimeter, Pastor? Bitte, zeigen Sie es mir mit den Händen.

PASTOR: Etwa soviel. Warum?

MUTTER: Stellen Sie sich folgendes vor: Ich komme gerade von der Blue Star Line, um die Billets für die Kinder zu besorgen. Für die »S. S. Atlanta«. Sie wissen, die Kinder haben es sich in den Kopf gesetzt, auf demselben Schiff zu heiraten, wo wir es taten. Und das erzähle ich Herrn Miller von der Blue Star Line. Darauf sagt mir Herr Miller: Ich kann Ihnen die Billets verkaufen, aber die Kinder können nicht heiraten. Warum nicht, frage ich. – Es ist zu kurz, sagt er. – Was ist zu kurz, frage ich. – Die »Atlanta« ist zu klein. – Sie ist siebzehn Jahre. – Nicht Ihre Tochter, das Schiff »Atlanta« ist zu klein! – Zu klein, um darauf zu heiraten? frage ich. – Aber doch nicht für diese zwei schmächtigen Kinder? – Es kommt nicht auf die Statur der Brautleute an, Frau Professor, sagt er, sondern auf die Statur des Schiffes. Das heißt, sagt er, es kommt auch nicht auf die Statur des Schiffes an, sobald es ein Schiff ist.

PASTOR: Ich werde verrückt!

MUTTER: Das habe ich Herrn Miller auch gesagt. Darauf hat er mir erklärt: Frau Professor, hat er gesagt, nach amerikanischem Gesetz – und die »Atlanta« ist ein amerikanisches Schiff – hat der Kapitän eines Schiffes das Recht, Trauungen auf hoher See vorzunehmen …

PASTOR: Na eben!

MUTTER: Na eben! Das habe ich auch gesagt. Ja eben, hat Herr Miller gesagt, aber es muß ein Schiff sein! Und ein Schiff hat, um ein Schiff zu sein, eine bestimmte Länge zu haben. Sonst ist es nach dem Gesetz kein Schiff! Sie können nicht heiraten auf einer Fähre oder auf einem Äpfelkahn!

PASTOR: Na und?

MUTTER: Na und, die »Atlanta« ist siebenundzwanzig Zentimeter zu kurz. – Vor fünf Jahren haben die das herausgefunden. Und seitdem sind keine Heiraten auf diesem Schiff mehr erlaubt. Nur noch Vergnügungsfahrten.

PASTOR: So etwas!

… 105 …

MUTTER: Ja, so etwas! Diese armen, armen Kinder!

PASTOR: Nun, dann werden sie eben woanders heiraten.

MUTTER: Es hätte ihnen doch solchen Spaß gemacht …

PASTOR: Es wird ihnen woanders auch Spaß machen!

Von der Straße her tönt ein rassiger Militärmarsch durch das offene Fenster.

MARTHA *stürzt mit Einkaufskorb und aufgelöstem Haar herein. Sie kann vor Aufregung kaum sprechen:* Der Professor … der Professor.

MUTTER und PASTOR: Was ist los?

MARTHA: Raus mit ihm.

MUTTER: Bist du verrückt?

MARTHA: Auf den Balkon … Ein Ständchen … für den reichsten Mann der Stadt. … Wo ist er?

MUTTER: Im Badezimmer!

MARTHA: Ich hole ihn. *Sie stürzt ab.*

MUTTER: Er ist vielleicht unter der Brause!!

MARTHA *hinter der Szene:* Das ist mir vielleicht ganz egal! *Mutter und Pastor eilen zu den Fenstern und blicken hinunter auf die Straße. Die Musik bricht ab. Ein Sprechchor setzt ein:* »Wir wollen den Professor sehn, wir wollen den Professor sehn!« *Martha zieht den Professor im Bademantel herein und schleift ihn auf den Balkon. Ein unerhörter Jubel setzt ein, Bra-*

vorufen und Händeklatschen. Der Professor ver-
beugt sich. Martha ist so aufgeregt, daß sie sich
ebenfalls verneigt, ehe sie verwirrt abstürzt.

STIMME DES BÜRGERMEISTERS: Unser Mitbürger
Professor Dr. Traugott Hermann Nägler, der
Wohltäter unserer Vaterstadt, er lebe hoch, hoch,
hoch!

STIMMEN: Hoch! *Der Marsch setzt von neuem ein.*
Die Musik entfernt sich. – Völlig erschöpft verläßt
der Professor den Balkon und kommt ins Zim-
mer. Mutter und Pastor applaudieren.

PROFESSOR *nervös, nicht sehr erfreut, den Pastor*
zu sehen: Sieh da, der Pastor!

PASTOR: Das klingt nicht sehr erfreut.

PROFESSOR: Ich dachte, ich würde für eine Weile
Ihr sympathisches Gesicht nicht mehr sehen.

MUTTER: Traugott.

PASTOR: Er hat vollständig recht. Wir haben uns
wochenlang genossen. Ich mache jetzt einen
Sprung zur Blue Star Line, und auf dem Rückweg
gucke ich noch mal rein.

PROFESSOR: Vergessen Sie's nicht.

PASTOR: Wenn Sie denken, Sie alter Brummbär,
daß Sie mich jetzt, da Sie reich geworden sind,
durch unausstehliches Benehmen loswerden können, irren Sie sich. Jetzt werden Sie etwas von einer Klette erleben! Hahahahaha!

PROFESSOR: Hahahahaha!

PASTOR: Wiedersehen, Kinder!

MUTTER *ihn zur Tür begleitend:* Auf Wiedersehen, Pastor.

MARTHA *bringt Kaffee und stellt ihn auf den Tisch:* Darf man gratulieren, Herr Professor?

PROFESSOR: Machen Sie, daß Sie rauskommen!

MARTHA *erschrocken:* Jawohl, Herr Professor. *Ab.*

MUTTER: Traugott, dieses Benehmen! Noblesse oblige! Komm, setz dich! Ein Täßchen Kaffee! Ich habe ihn eigens stark machen lassen, du hast ihn verdient!

PROFESSOR: Und du wirst ihn brauchen!

MUTTER: Komm, nun erzähle! Bist du nicht in Ohnmacht gefallen, als du erfuhrst, daß die berühmte Sängerin Maria Machado deine Schwester war? Das war eine Überraschung, wie?

PROFESSOR: Nicht die einzige.

MUTTER: Ach, Hermann, erzähl doch endlich!

PROFESSOR: Also, Atlanta hat ein Haus geerbt ...

MUTTER: Das weiß ich. Weiter?

PROFESSOR: Über das sie erst in vier Jahren verfügen kann ...

MUTTER: Und ...?

PROFESSOR: Und sonst haben wir nichts! Nicht einen roten Heller! Der Hermann-Tunnel wird nicht gebaut werden, der Bürgermeister wird sich weitere Ständchen sparen, und der Rektor wird dich nicht mehr auf beide Backen küssen!

MUTTER: Ich lege keinen Wert darauf.

PROFESSOR: Aber ich! Oh, du weißt nicht, Mutter, was in mir vorging, als ich deinen Brief las … Es war mehr als Genugtuung … ich fühlte mich ein besserer Mensch werden … gütig, verstehend, wohltätig … das ist nun alles wieder aus …

MUTTER: Gar kein Bargeld, sagst du?

PROFESSOR: Das heißt, da ist Bargeld …

MUTTER: Ja? Wieso?

PROFESSOR: … es ist allerdings eine kleine Klausel dabei.

MUTTER *glücklich:* So etwas habe ich mir doch immer gewünscht!

PROFESSOR: Was?

MUTTER: Eine kleine Klause! Sagtest du nicht, es sei eine kleine Klause dabei?

PROFESSOR: Klausel! Sperr doch die Ohren auf. Eine kleine Klausel! Ein Kläuselchen, könnte man fast sagen. Also Atlanta erbt … stell erst die Tasse hin, damit du sie nicht verschluckst … Atlanta erbt siebenhundertfünfzigtausend Dollar …

MUTTER: Siebenhundertfünfzig Dollar!

PROFESSOR *brüllt:* Tausend! *Mutter verschüttet vor Freudenschreck ihren Kaffee auf den Tisch.*

MUTTER: Ach Gott, Hermann, hast du mich jetzt erschrocken!

PROFESSOR: Erschreckt!

MUTTER: Ach, Traugott, sei doch nicht immer gleich so eklig! Ob es nun erschreckt oder erschrocken heißt! Du siehst doch, daß ich erschreckt bin!

PROFESSOR: Erschrocken! Diesmal heißt es erschrocken! Also: Atlanta erbt siebenhundertundfünfzigtausend Dollar, wenn sie bis zu ihrem siebzehnten Lebensjahr ein uneheliches Kind kriegt ... *Mutter stellte ihre Tasse so heftig auf die Untertasse, daß beide in Trümmer gehen.* Ich habe dir gesagt, du sollst die Tasse aus der Hand stellen!

MUTTER: Das ist ...

PROFESSOR: Das ist eine Menge Geld, ja!

MUTTER: Du hast natürlich dem Anwalt das Testament ins Gesicht geschleudert?

PROFESSOR: Das habe ich natürlich nicht getan! Erstens wäre dadurch das Testament nicht besser geworden, zweitens war es nicht sein Testament, und drittens war es nicht mein Geld, über das ich zu entscheiden hatte, und viertens: Hattest du mir nicht geschrieben, daß ich bei allem, was ich entscheide, an die Kinder denken solle?

MUTTER *kreischend:* Traugott, was hast du getan?

PROFESSOR: Mutter, darf ich dich ersuchen, mit deiner gewöhnlichen satten Stimme zu sprechen und nicht in diesem hysterischen Diskant! Meine Nerven schleifen am Boden!

MUTTER: Traugott, was hast du getan?

PROFESSOR: Was hättest du getan?

MUTTER: Ich weiß es nicht.

PROFESSOR: Ich wußte es auch nicht. Hatte ich das Recht, den Kindern das Testament zu verheimlichen? Und wie konnte ich andererseits Atlanta davon erzählen, ohne ihr unschuldiges Denken zu vergiften? Und wenn ich Herbert einweihte …

MUTTER: Du konntest sein Denken nicht vergiften!

PROFESSOR: Nee. Ich konnte es gar nicht finden! Er verstand mich überhaupt nicht! So rief ich am nächsten Tag den Anwalt an und teilte ihm mit, daß ich die Erbschaft nicht antreten würde.

MUTTER: Traugott, das war groß von dir!

PROFESSOR: Das meinte der Anwalt auch! Er nannte mich den größten Esel, der ihm je vorgekommen sei. Abgesehen davon, daß ich nicht der Erbe sei, sondern Atlanta, abgesehen davon, daß ich kein Recht hätte, das Glück meiner ganzen Familie aufs Spiel zu setzen, abgesehen davon, wäre es doch im vorliegenden Falle, wo die Kinder sowieso heiraten, mehr als Pappendeckel, ob erst das Ei komme und dann die Henne oder umgekehrt.

MUTTER: Das hat er gesagt?

PROFESSOR: Das hat er gesagt! Und außerdem hat er gesagt, ich solle die Sache mit dir durchsprechen, Frauen hätten mehr gesunden Menschenverstand als Professoren.

MUTTER: Was mußt du durchgemacht haben!

PROFESSOR: Oh … ich möchte die Väter der ganzen Welt fragen, was sie in meinem Falle getan hätten!

MUTTER: Was hat denn der Anwalt geraten?

PROFESSOR: Zu warten.

MUTTER: Auf was?

PROFESSOR: Auf etwas oder nichts. Je nachdem. Wenn bis zum zweiundzwanzigsten Juli nichts geschehen sei, dann sei immerhin etwas geschehen. Dann sei es um das Geld geschehen.

MUTTER: Scheint ja ein Gemüt zu sein, der Anwalt, so logisch alles klingt, was er sagt …

PROFESSOR: Logisch, ja! Das können sie! Er hat mich wahnsinnig gemacht mit seiner Logik! Aber Moral hat nichts mit Logik zu tun! Er stürmt im Zimmer auf und ab.

MUTTER: Nein!

PROFESSOR: Entweder man hat sie, oder man hat sie nicht!

MUTTER: Richtig!

PROFESSOR: Entweder man hat siebenhundertfünfzigtausend Dollar, oder man hat sie nicht!

MUTTER: Wir haben sie nicht.

PROFESSOR: Wir haben unsere Ehre!

MUTTER: Eben!

PROFESSOR: Unsere Lauterkeit!

MUTTER: Haufenweise! – Dafür haben wir weniger zu essen. Ach Gott, man kann anscheinend nicht beides zugleich haben!

PROFESSOR *sprachlos:* Mutter! Willst du andeuten, daß ich unrecht hatte, unsere Tochter vor dieser Tortur zu bewahren?

MUTTER: Ich weiß nicht, was du unter »Tortur« verstehst. Ich weiß nur, daß, wenn du deine Schwester damals nicht vor lauter Moral und Ehrbarkeit und Lauterkeit auf die Straße gesetzt hättest, sie sich nicht diese wundervolle Rache hätte auszudenken brauchen.

PROFESSOR: Sagtest du »wundervoll«?

MUTTER: Ich finde sie wundervoll! Sie hat uns gezeigt, daß alles auf dieser Welt seinen Preis hat. Selbst deine Moral!

PROFESSOR: Noch habe ich sie nicht verkauft …

MUTTER: Aber du hast damit gespielt …

PROFESSOR: Womit habe ich gespielt?

MUTTER: Mit dem Gedanken!

PROFESSOR: Ach Unsinn! Wir sind alle nur Menschen!

MUTTER: Ja, Hermann! Deine Schwester war damals auch nur ein Mensch. Ein armer, kleiner, hilfloser siebzehnjähriger weiblicher Mensch! Und ihr Verbrechen? War das menschlichste. Die Liebe. Eine Erfindung Gottes! Eine gute!

PROFESSOR: Mutter!

MUTTER: Nimm an, meine Eltern wären gegen unsere Heirat gewesen, so wie ihr gegen die Josephines wart. Glaubst du, ich hätte dich fallen lassen wie eine heiße Kartoffel?

PROFESSOR *fassungslos*: Du willst sagen ...?

MUTTER: Genau das will ich sagen.

PROFESSOR: Du hättest ... ??

MUTTER: Natürlich hätte ich. Ich liebe dich, nicht wahr? Ich hätte also in genau die gleiche Lage kommen können wie deine Schwester. Laß uns dankbar sein, daß das Schicksal uns gnädiger war ...

PROFESSOR *gerührt ausbrechend*: Mutter, ich bin ein Schwein! *Er sinkt in einen Stuhl.*

MUTTER: Nein! *Springt auf.*

PROFESSOR: Doch! Ich bin deiner nicht würdig. Deiner nicht und nicht der Kinder!

MUTTER: Das will ich nicht gehört haben! Es gibt keinen besseren Vater! Für wen plagst und rakkerst du dich dein ganzes Leben? Für wen mußt du deinen Buckel so krumm machen? Doch nur, um uns hier alle zu ernähren und zu kleiden. Es gibt keinen besseren Vater!!! *Beugt sich zärtlich zu ihm.* Und keinen zärtlicheren Gatten! Komm, Traugottchen, komm! Achtzehn Jahre lang haben wir uns durchgewurstelt. Wir werden uns noch achtzehn Jahre lang durchwursteln. Arm, aber ehrlich!

PROFESSOR: Ich hätte sie dir zu gerne gebracht!

MUTTER: Was?

PROFESSOR: Die siebenhundertfünfzigtau … hau … hau … hau … *Er schluchzt.*

MUTTER *ihn umarmend:* Ich weiß. Ich weiß! Schon gut! Du bist doch mein kleinster Junge!

PROFESSOR: Ich bin noch nicht rasiert! *Erhebt sich.*

MUTTER: Mach schnell! – Es geht eben auf und ab im Leben! Jetzt sind wir unten, nun geht's wieder hoch! *Dabei nimmt sie das neugehäkelte Baby-schühchen hoch und arbeitet selig daran.*

PROFESSOR: Glaubst du?

MUTTER: Natürlich!

PROFESSOR: Der wievielte ist denn heute?

MUTTER: Der zwanzigste Oktober.

PROFESSOR *zählt an den Fingern, schlägt sich auf die Hand und will ab. Er guckt noch einmal auf Mutter und entdeckt das neugehäkelte Baby-schühchen und küßt die Mutter sehr zart aufs Haar, um sie dann sehr tapsig zu streicheln – und geht ab. Mutter blickt ihm eine ganze Weile liebe-voll nach.*

ATLANTA *wirbelt ins Zimmer:* Mutti, hat Herbert schon angerufen? *Setzt sich zum Frühstück.*

MUTTER: Noch nicht, mein Kind! *Legt die Arbeit weg.*

ATLANTA: Oh, Mutti, ich möchte eine Dichterin sein, um ausdrücken zu können, wie lieb ich ihn habe …

MUTTER: Es ist ein sonderbares Gefühl für eine Mutter zu sehen, wie aus ihrem Küken ein junges Weib wird!

ATLANTA: Glaub mir, Mutti, vom Augenblick an, da ich liebte, war ich dir näher als je zuvor! Glaubst du mir das?

MUTTER: Ja, mein Kind! *Sie schluchzt.*

ATLANTA *aufspringend, ihre Arme um Mutters Hals werfend:* Aber das ist doch kein Grund zum Weinen, Mutti! Wir werden immer dieselben bleiben, nicht wahr! Wenn ich etwas nicht weiß, komm ich zu dir, und wenn du etwas wissen willst, fragst du mich!

MUTTER *unter Tränen lachend:* Genauso wollen wir das machen! So machen wir's!

ATLANTA *setzt sich und beginnt ein Brot zu streichen:* Nun, Mutti, wo sind die Schiffskarten? Haben wir dieselbe Kabine, die ihr hattet?

MUTTER *holt den Kaffee von der Kommode:* Warum muß es denn gerade diese dumme »Atlanta« sein! Es gibt doch soviel modernere Schiffe!

ATLANTA: Was ist los mit der »Atlanta«?

MUTTER *bringt den Kaffee zurück und kommt mit dem Milchtopf zum Tisch:* Seit fünf Jahren darf nicht mehr auf ihr geheiratet werden. Ihr müßt eben warten, bis die »Pennsylvania« ausläuft.

ATLANTA: Warten? Nein, das können wir nicht!

MUTTER: Warum nicht, mein Kind?

ATLANTA: Wir können keinen Augenblick warten!

MUTTER: Ach, mein Kind, das sagt man so in deinen Jahren!

ATLANTA: Ich muß sofort mit Herbert sprechen. Die Schande überleb' ich nicht! *Sie stürzt weinend ab.*

MUTTER *sieht ihr nach und beginnt langsam zu begreifen. Sie umklammert den Milchtopf, den sie gerade in den Händen hatte, und schreit los:* Vater! Vater!

PROFESSOR *aus dem Nebenzimmer stürzend:* Was ist los? Was brüllst du denn das ganze Haus zusammen?

MUTTER: Sie hat gesagt, sie können nicht mehr warten!

PROFESSOR: Wer hat das gesagt?

MUTTER: Sie!

PROFESSOR: Wer kann nicht mehr warten?

MUTTER: Sie und Herbert!

PROFESSOR: Womit können sie nicht mehr warten?

MUTTER: Mit dem Hei ... mit dem Hei ... mit dem Hei ...

PROFESSOR: Mit dem Hei ... mit dem Hei ... *fürchterlich:* Weib!

MUTTER *schluchzend:* Mann!

PROFESSOR: Mutter!

MUTTER: Traugott! *Sie sinkt mit dem Milchtopf an seine Brust. Des Professors Klemmer fällt in den Milchtopf.*

PROFESSOR *nachdem er sich etwas erholt hat:* Wo ist mein Klemmer?

MUTTER: In der Milch. *Sie fischt ihn heraus und reinigt ihn.*

PROFESSOR: Dieser scheinheilige zweizylindrige Ingenieurlaffe! Und von dem hab' ich mich ohrfeigen lassen! *Atlanta und Herbert treten ein.*

PROFESSOR *zu Atlanta:* Hierher! *Zu Herbert:* Dorthin!

PASTOR *kommt ahnungslos:* So, da wäre ich wieder!

PROFESSOR: Ruhe! *Zum Pastor:* Dorthin! *Zu Herbert mit unheimlich verhaltener Kraft:* Und nun sagen Sie mir einmal, was Sie sind?

HERBERT: Ein Ingenieur.

PROFESSOR: Und was für einer! *Er klebt ihm eine.*

ATLANTA: Papa!

PROFESSOR: Ruhe! Zitterst du für deinen Buhlen?

ATLANTA: Ich erlaube nicht, daß du Herbert so behandelst. Ich werde seine Frau, oder ich gehe ins Wasser!

PROFESSOR: Ja, das ist wohl dann die última rátio! Was haben Sie aus ihr gemacht? Aus einer gehorsamen Tochter ein Weib, das sich gegen Vater und Mutter aufbäumt!

ATLANTA: Papa.

PROFESSOR: Aufbäumt! – Warte in Demut, was dein Vater über dich beschließen wird zu tun. *Zu Kraft:* Sie schw … Sie schwieriger Lümmel! Also, so haben Sie sich das gedacht! Man verführt ein unschuldiges Mädchen, um die Einwilligung der Eltern zur Heirat zu erzwingen! Wohl mögen Sie sich in Ihrem Unverstand eingebildet haben, ich müßte noch dankbar sein und froh, wenn Sie Ihr Unrecht durch eine Heirat gutzumachen trachten!? Mitnichten, Herr Kraft! Vielleicht in Familien gewöhnlichen Formates, am Herde eines Professors – mitnichten! Sie haben sich verrechnet, Herr Kraft! Und du, verlorenes Geschöpf …

MUTTER: Traugott!

PROFESSOR *zur Mutter:* Du hältst den Mund! *Zu Atlanta:* Nicht frommt es dir, deinem Vater mit Selbstmord zu drohen, falls du deinen Buhlen nicht bekommst und so deine Schmach vor aller Welt verstecken kannst! Das ist feige und einer Jungfr ... – *er klebt Herbert eine* – eines Mädchens unwürdig. Hast du gesündigt, so habe auch den Mut, es zu bekennen! Und nicht eher gebe ich meine Einwilligung zur Ehe, als bis die Frucht eueres heimlich verbotenen Tuns offen aller Welt zu Tage liegt. Dixi!

ATLANTA: Was denn für eine Frucht, Papa?

HERBERT: Ja, was denn für eine Frucht, Herr Professor?

PROFESSOR: Ihr Heuchler! Euer Kind! Euer uneheliches Kind!

HERBERT: Was denn für ein Kind, Herr Professor?

ATLANTA: Was denn für ein Kind, Papa?

PROFESSOR: Herr Kraft, ich frage Sie, trägt Atlanta ein Kind unter dem Herzen, ja oder nein?

HERBERT: Ich weiß nicht, von mir nicht.

ATLANTA: Was denn für ein Kind, Papa?

MUTTER: Hast du mir nicht vorhin gesagt, ihr könntet nicht mehr warten?

ATLANTA: Weil ich doch Lotte Marcuse schon gesagt habe, daß wir uns heute verloben werden.

PROFESSOR *enttäuscht:* Und du kriegst kein Kind?

ATLANTA: Nein, Papa!

PROFESSOR *holt unwillkürlich aus, um Atlanta eine zu kleben, fängt sich aber und sinkt auf einen Stuhl.*

MUTTER: Hilfe! Hilfe!

ALLE: Hilfe!

HERBERT: Ich hole Wasser! *Er stürzt ab.*

ATLANTA: Ich komme mit dir. *Ab.*

MUTTER, *die sich mit dem Pastor um den Professor bemüht:* Es war zu viel für ihn! – Höre, Traugott, sie kriegt kein Kind!

PROFESSOR *stöhnend:* Kein Geld!

MUTTER: Kein Kind! Hörst du mich denn nicht?

PASTOR: Ihre Tochter ist rein wie ein Engel.

PROFESSOR *noch halb bewußtlos:* Kann denn keiner diesen Kalkofen zum Schweigen bringen!

PASTOR: Und selbst, wenn sie eins kriegte, das kann anderen Leuten auch passieren!

PROFESSOR: Was heißt das?

PASTOR: Ich komme eben von der Blue Star Line. *Zu Mutter:* Daß die Kinder nicht heiraten können auf der »Atlanta«, das wissen Sie.

PROFESSOR: Warum nicht! Der Kapitän eines amerikanischen Schiffes hat das Recht, Trauungen auf hoher See vorzunehmen …

PASTOR: Vorausgesetzt, daß der Kapitän ein Kapitän ist …

MUTTER: Und das Schiff ein Schiff.

PROFESSOR: Was faselst du da?

MUTTER: Es muß ein Schiff sein! Du kannst nicht heiraten auf einer Fähre.

PASTOR: Oder einem Äpfelkahn ...

MUTTER: Es muß ein Schiff sein!

PROFESSOR: Na und?

MUTTER: Um ein Schiff zu sein, muß es eine bestimmte Länge haben ...

PASTOR: Das ist Gesetz!

MUTTER: Und wenn es diese Länge nicht hat ...

PASTOR: Dann ist es kein Schiff ...

MUTTER: Und wenn es kein Schiff ist, kann man darauf nicht heiraten. Sei doch nicht so schwerfällig!

PROFESSOR *wütend:* Was wollt ihr denn eigentlich?

PASTOR: Die »Atlanta« ist zu kurz.

MUTTER: Um siebenundzwanzig Zentimeter. Vor fünf Jahren haben sie das rausgekriegt.

PASTOR: Und seitdem sind keine Heiraten mehr erlaubt auf der »Atlanta«.

PROFESSOR: Wer sagt das?

MUTTER: Mr. Miller von der Blue Star Line.

PASTOR: Was er Ihnen aber nicht gesagt hat, liebe Freundin, was er mir erst jetzt anvertraut hat, ist – fassen Sie sich –, daß alle je auf der »Altanta« geschlossenen Ehen ungültig sind.

PROFESSOR: ... ?????

PASTOR: Ja. – *Zu Mutter:* Sie haben sozusagen in wilder Ehe gelebt. *Totenstille.*

PROFESSOR: Und unsere Kinder?

PASTOR *zu Vater:* Bastarde. Alle zwölfe. *Die Mutter verbirgt ihr Gesicht. Der Professor ist unfähig, sich zu rühren. Die Mutter gibt kleine konvulsivische Zuckungen von sich. Professor und Pastor eilen zu ihr.*

MUTTER *zuckt stärker. Aber sie ist nicht von Schmerz, sondern, wie sich jetzt herausstellt, von einem Lachkrampf geschüttelt. Mit Tränen in den Augen deutet sie auf ihren Mann:* Das muß dir passieren! *Und laut und befreiend lacht sie heraus.*

PASTOR *wird nach vergeblichem Kampf angesteckt und lacht auch heraus:* Hahahahaha …

Professor *stimmt plötzlich röhrend in das Lachen ein. Gerade als alle drei so schön lachen, fällt Mutter in Ohnmacht. – Pastor und Professor eilen zu Hilfe.*

MUTTER *nachdem man ihr Wasser eingeflößt hat, kommt langsam zu sich.*

PROFESSOR: Was nun?

PASTOR *nach einem Augenblick der Überlegung:* Ihr müßt so schnell wie möglich heiraten!

PROFESSOR *nachdenklich:* Heiraten …??

PASTOR: Nächsten Sonntag traue ich euch!

PROFESSOR *wie oben:* Trauen …

MUTTER *mit Humor:* Willst du mich vielleicht sitzenlassen?

PASTOR *ebenso:* Vor siebzehn Jahren haben Sie es ihr versprochen!!

PROFESSOR *zur Mutter:* Augenblick mal! *Zum Pastor:* Nur nicht drängeln! *Er sucht in seiner Tasche und bringt das Testament zum Vorschein. Er blättert darin, deutet mit dem Finger auf die gefundene Stelle und reicht es dem Pastor.* Lesen Sie das, Pastor!

PASTOR *liest:* »Sollte jedoch eine Tragödie wie die meine sich wiederholen am trauten Herde meines tugendhaften Bruders, Professor Doktor Traugott Hermann Nägler, dann natürlich fließt obengenannte Summe von 1 500 000 Pesos dem Opfer einer solchen Katastrophe, nämlich der Mutter dieses unehelichen Kindes zu ...«

PROFESSOR: Das genügt! *Er umarmt Mutter:* Mütterchen, ich gratuliere dir: Du bist die Erbin von einer Million fünfhunderttausend Pesos!!!

MUTTER *aufschreiend:* Ich ... ????

PROFESSOR *übermütig:* Oder willst du bestreiten, daß du zwölf unehelichen Kindern an meinem trauten Herde das Leben geschenkt hast??? Zwölf, Mutter! Man kann streiten über eines aber zwölf?

Er küßt sie.

PASTOR: Und wann traue ich euch, Kinderchen?

PROFESSOR: Nicht, bevor wir die Erbschaft kassiert haben!

MUTTER: Und nicht, bevor ich mich entschieden habe, ob ich als reiche Erbin einen armen Schlucker mit zwölf unehelichen Kindern heiraten soll!

PROFESSOR *übermütig, vor ihr auf die Knie sinkend:*

Mutter!?

MUTTER: Steh auf, ich nehme dich!

Sie umarmen sich, Atlanta und Herbert treten auf, je mit einem Glas Wasser.

PROFESSOR *zart zu Atlanta:* Mein Töchterchen, ich habe dir Unrecht getan ... Willst du mir verzeihen?

ATLANTA *gerührt:* Oh, Papa!! *Sie fällt ihm um den Hals.*

PROFESSOR: Noch bin ich nicht Opapa! Aber ich freue mich darauf! *Zu Herbert:* Und du, mein Sohn? Kannst du deinem alten Pauker vergeben?

HERBERT *außer sich vor Rührung:* Oh, Herr Prof ... Oh, Herr Pap ... *Umarmt ihn.*

PROFESSOR: Und damit ihr seht, Kinder, daß Tugend immer belohnt wird, gebe ich euch eine Mitgift von hunderttausend Mark!

ATLANTA *sprachlos:* Hundert ... ?????

HERBERT *ebenso:* Das ist zuviel ...!

PROFESSOR *nachgebend:* Gut ... Fünfzigtausend!

Er umarmt Mutter. Die Kinder sinken sich in die Arme. Der Pastor ist glücklich.
MUTTER: Schade, daß Tante Josephine das nicht mehr erlebt hat!

VORHANG